OETINGER TASCHENBUCH

W0331465

Maja von Vogel wurde 1973 geboren und wuchs im Emsland auf. Sie studierte Deutsch und Französisch, lebte ein Jahr in Paris und arbeitete als Lektorin in einem Kinderbuchverlag. Heute lebt Maja von Vogel als Autorin und Übersetzerin in Norddeutschland.

Maja von Vogel

Verliebt in Emma

Oetinger Taschenbuch

Außerdem bei Oetinger Taschenbuch erschienen:

Alle lieben Emma (Band 1)
Emma traut sich was (Band 2)
Für alle Fälle Emma (Band 3)
Verrückt nach Emma (Band 4)
Emma will's wissen (Band 5)
Emma im Glück (Band 6)
Emma auf Wolke Sieben (Band 7)
Emma lässt nicht locker (Band 9)
Emma hebt ab (Band 10)

Die Bände 1–8 sind bei Oetinger Taschenbuch als Taschenbuch lieferbar und bei Klopp im Dressler Verlag als Hardcover. Band 9 und 10 sind bei Oetinger Taschenbuch als Hardcover erhältlich.

MIX
Papier aus verantwortungsvollen Quellen
FSC® C014496

Das für dieses Buch verwendete FSC®-zertifizierte Papier Danube liefert Salzer Papier, St. Pölten, Austria. Der FSC® ist eine nicht staatliche, gemeinnützige Organisation, die sich für eine ökologische und sozialverantwortliche Nutzung unserer Wälder einsetzt.

1. Auflage 2014
Oetinger Taschenbuch GmbH, Hamburg
Oktober 2014
Alle Rechte dieser Ausgabe vorbehalten
Originalausgabe: Klopp im Dressler Verlag GmbH, Hamburg
© Dressler Verlag GmbH, Hamburg 2012
Titelbild und Vignetten: Miriam Cordes
Druck: GGP Media GmbH, Pößneck
ISBN 978-3-8415-0053-3

www.oetinger-taschenbuch.de

Inhalt

1. Kapitel

Die Langeweile und ich

Was ist eure liebste Zeit im Jahr? Die Weihnachtszeit? Euer Geburtstag? Ostern? Silvester? Alles schön und gut, aber ich wette, auf Platz eins der Hitliste eurer Lieblingszeiten steht eine andere. Eine Zeit ohne Schulstress, nervige Hausaufgaben und Klassenarbeiten. Ohne frühes Aufstehen im Dunkeln, Warten auf den Schulbus und Mathe in der ersten Stunde. Dafür mit ganz viel Sonnenschein, Erdbeereis und der Freiheit, den lieben langen Tag nur das zu tun, worauf man Lust hat. Wisst ihr, wovon ich rede? Genau: von den Sommerferien! Sechs Wochen faulenzen und Spaß haben – ein Traum! Ein Traum, der letzten Sommer langsam, aber sicher zum Albtraum wurde.

Drei Ferienwochen waren schon vorbei. Drei lagen noch vor mir. Eigentlich hätte ich mich darüber freuen müssen. Tat ich aber nicht. Ganz ehrlich, manchmal wünschte ich mir sogar, die Schule würde wieder anfangen. Und das will bei mir schon was heißen! Eigentlich kann ich auf Schule gut verzichten. Vor allem auf Mathe. Die anderen Fächer sind ganz okay, Sport mag ich sogar richtig gern. Aber Mathe? Nein danke. ICH HASSE MATHE! So, jetzt wisst ihr Bescheid.

Trotzdem habe ich mich vergangenen Sommer manchmal dabei erwischt, dass ich mich auf den Beginn des neuen Schuljahres freute. Verrückt, oder? Dabei grusele ich mich normalerweise ganz furchtbar vor dem ersten Schultag nach den Ferien. Ich versuche, so lange wie möglich nicht daran zu denken. Tue so, als gäbe es ihn nicht. Als wären ewig Ferien. Denn am ersten Schultag geht der ganze Stress wieder von vorne los. Und es dauert ein komplettes, unendlich langes Jahr bis zu den nächsten Sommerferien. Schrecklich!

Doch dieses Mal war alles anders. Die Ferientage krochen vorbei wie eine Schneckenparade. Langsam, langsamer, am langsamsten. Sie nahmen einfach kein Ende. Denn ich hatte ein Problem. Ein Problem, das mir die Ferien komplett vermieste. Ein Problem, das ich bisher gar nicht gekannt hatte.

Das Problem hatte einen Namen. Es hieß: LANGEWEILE.

Die Langeweile hatte sich so hinterhältig angeschlichen wie ein Dieb in der Nacht. In der ersten Ferienwoche war sie nur ab und zu aufgetaucht. Sie winkte mir aus der Ferne zu, ließ sich aber ziemlich schnell wieder vertreiben. Ich brauchte nur meine Freundin Klara zu besuchen, ins Freibad zu fahren oder mich mit einem Comicheft in meine Hängematte zu verziehen – und schon war sie auf und davon.

In der zweiten Woche kam die Langeweile häufiger vorbei. Fast jeden Tag erschien sie, ohne anzuklopfen, in meinem Zimmer und nervte mich mit ihrer schlechten Laune. Klara und ihr Bruder Jonas flogen mit ihren Eltern für drei Wochen nach Mallorca, außerdem regnete es ständig, sodass ich nicht ins Freibad konnte. Aber ich hatte noch einen Stapel alter Comics, die ich ewig nicht gelesen hatte. Damit konnte ich die Langeweile halbwegs in Schach halten.

Doch nach drei Wochen hatte ich alle Comics durch. Klara war immer noch weg. Meine andere Freundin Mona hatte einen neuen Freund. Daniel. Ich mag Daniel. Und ich mag Mona. Sie wohnt seit einem Jahr mit ihrer Mutter Gesa bei uns. Gesa ist Mamas beste Freundin. Die beiden haben ein Gesundheitszentrum in unserem Haus eröffnet. Gesa unterrichtet Yoga und gesunde Ernährung, Mama gibt Mal- und Zeichenkurse. Mona und ich teilen uns mein Zimmer auf dem Dachboden. Das klappt meistens ganz gut.

Aber seit Mona einen Freund hat, hat sie kaum noch Zeit für mich. Ständig ist sie mit Daniel unterwegs. Sie treffen sich bei ihm oder bei uns, gehen ins *Venezia* Eis essen oder ins Kino. Die beiden sind superverliebt. Auf Monas Gesicht liegt ein Dauergrinsen, und sie summt ständig vor sich hin. Das ist toll, ehrlich. Ich freue mich für sie. Trotzdem wäre es schön, wenn sie ab und zu auch mal wieder etwas mit mir unternehmen würde.

An dem Tag, als die Ferien zur Hälfte herum waren, hockte ich missmutig in meinem Zimmer und sah Mona dabei zu, wie sie sich für ein Treffen mit Daniel fertig machte. Sie stand in ihrem Lieblings-Jeansrock und einem blauen T-Shirt vor dem Spiegel und kämmte sich die Haare.

»Daniel will heute für mich kochen«, erzählte sie. »Er möchte ein neues Rezept aus seinem Kochkurs ausprobieren.«

Daniel ist Sänger einer Heavy-Metal-Band und begeisterter Koch. Komischerweise passt bei ihm beides prima zusammen. Mona legte die Bürste auf ihre Frisierkommode und drehte sich zu mir um. »Und was hast du noch so vor?«

Ich zuckte mit den Schultern. »Keine Ahnung.«

»Wir wollen nach dem Essen ins Kino«, sagte Mona. »Komm doch mit!«

Ich schüttelte den Kopf. »Nein danke. Ich will euch nicht beim Knutschen stören.«

Mona lief rot an und kicherte. »Quatsch, du störst doch nicht. Ich fänd's toll, wenn du dabei bist.«

»Lass mal«, wehrte ich ab. »Ich hab sowieso keine Zeit. Hab noch jede Menge zu tun.«

»Ach so. Dann bis später!« Fröhlich pfeifend trampelte Mona die Dachbodentreppe hinunter. Bei ihr klingt das immer, als wäre eine ganze Elefantenherde unterwegs.

Ich blieb auf meinem Bett sitzen, bis ich unten die Tür ins Schloss fallen hörte. Danach wurde es wieder still. Die Stille legte sich wie dicke Watte über mein Zimmer. Sie verstopfte meine Ohren, sodass ich gar nicht hörte, wie sich klammheimlich jemand ins Zimmer schlich. Mit hängenden Schultern und Trauermiene. Meine alte Bekannte, die Langeweile. Sie nahm neben mir auf dem Bett Platz und begann sofort zu nörgeln.

Langeweile: Jetzt bist du schon wieder allein, Emma. Der ganze Nachmittag liegt vor dir, und du hast keinen blassen Schimmer, was du tun sollst. Warum hast du eigentlich keine Freunde, mit denen du etwas unternehmen kannst?

Ich: Ich habe Freunde! Jede Menge sogar!
Langeweile: Ach ja? Und wo sind die?
Ich: Im Urlaub. Klara und Jonas sind auf Mallorca, Meike ist in Italien und Caro in Tunesien.
Langeweile: Tja, und Mona interessiert sich nicht mehr für dich, seit sie mit Daniel zusammen ist.
Ich: Tut sie doch! Sie hat mich sogar gerade ins Kino eingeladen.
Langeweile: Das hat sie doch nur aus Mitleid getan. In Wirklichkeit ist sie froh, wenn sie mit Daniel allein ist.
Ich: Stimmt nicht!
Langeweile: Stimmt doch. Darum bist du ja auch hiergeblieben.
Ich: Nein! Ich bin hiergeblieben, weil ich jede Menge zu tun habe.
Langeweile (grinst spöttisch): Und was, wenn ich fragen darf?
Ich: Äh … na ja … also … ich muss mein Zimmer aufräumen!
Langeweile: Pffft! So ein Unsinn. Dir ist es doch piepegal, wie dein Zimmer aussieht.
Ich: Ich hab Lili versprochen, mit ihr zu spielen!
Langeweile: Deine kleine Schwester macht gerade Mittagsschlaf. Und der wird noch mindestens eine Stunde dauern, das weißt du genau.
Ich (laut): Halt die Klappe!
Langeweile (kichert): Gibst du es endlich zu? Ich hab recht! Du langweilst dich.
Ich: Nein!
Langeweile: Doch!

Ich: Nein!
Langeweile: Doch!
Ich: Na warte, jetzt kannst du was erleben!

Mit einem kräftigen Stoß schubste ich die Langeweile vom Bett. Sie landete auf dem Boden und untersuchte leise vor sich hin jammernd ihre blauen Flecken. Ich beschloss, sie einfach nicht mehr zu beachten, stand auf und ging zu meinem Schreibtisch. Es wurde höchste Zeit, dass ich etwas gegen diese vermaledeite Langeweile unternahm. Also schnappte ich mir Zettel und Stift und begann, eine Liste zu schreiben. Das tue ich immer, wenn ich ein Problem habe und nicht weiterweiß. Und manchmal auch einfach nur aus Spaß. Ich liebe Listen! Und so sah meine Liste aus:

Wie ich es schaffe, die Langeweile zu vertreiben:
- Ins Freibad gehen
- Mit Lili spielen
- Oma und Pfarrer Pauli besuchen
- Mit Papa zelten gehen
- In der Hängematte liegen und faulenzen
- IN DEN URLAUB FAHREN

Zufrieden las ich die Liste noch einmal durch. Na also! Das war doch gar nicht so schlecht. Da klopfte mir jemand von hinten auf die Schulter.

»Zeig mal her.« Die Langeweile nahm mir die Liste aus der Hand, lachte höhnisch und schrieb ein paar Kommentare an den Rand. Hinterher sah die Liste so aus:

Wie ich es schaffe, die Langeweile zu vertreiben => *<u>GAR NICHT!!!</u>*

- Ins Freibad gehen => *Mit wem denn??? Etwa alleine??? Viel Spaß dabei!*
- Mit Lili spielen => *Wie aufregend, gähn …*
- Oma und Pfarrer Pauli besuchen => *Da bist du doch sowieso schon fast jeden Tag.*
- ~~Mit Papa zelten gehen~~ *Vergiss es, Rudi hat garantiert keine Zeit.*
- In der Hängematte liegen und faulenzen => *Super, da mach ich mit!*
- ~~IN DEN URLAUB FAHREN~~ => *Hihi, träum weiter, Emma!*

Wütend riss ich der Langeweile die Liste aus der Hand. »Immer musst du alles miesmachen!«, brüllte ich. »Ich hasse dich!«

Dann stürmte ich nach unten. Die Langeweile blieb kichernd auf dem Dachboden zurück. Ich wusste, dass sie dort seelenruhig auf mich warten würde, um mich später weiterzunerven. Was für ein Quälgeist!

Ich ging in die Küche, holte Schokoladeneis aus dem Tiefkühlfach und aß es direkt aus der Packung. Nach drei großen Löffeln ging es mir schon ein bisschen besser. Ich liebe Schokolade!

Seufzend strich ich die Liste glatt und sah sie mir noch einmal an. So nervig die Langeweile auch war, ihre Kommentare trafen leider ins Schwarze. Allein ins Freibad zu gehen machte wirklich keinen Spaß. Außerdem war absolut kein Freibadwetter. Der Himmel draußen war grau verhangen, und leichter Nieselregen hing wie ein feuchter Vorhang in der Luft.

Mit Lili zu spielen war ebenfalls nicht besonders aufregend. Lili ist sechs Monate alt, hat blonde Engelslöckchen und kann seit einer Woche krabbeln. Jetzt flitzt sie immer wie eine Renn-Schildkröte durch die Wohnung und jauchzt dabei vor Freude. Erst fand ich es nicht so toll, eine kleine Schwester zu bekommen, aber inzwischen liebe ich Lili heiß und innig. Sie ist das tollste Baby von ganz Tupfingen, aber gegen die Langeweile ist sie keine echte Hilfe.

Blieben noch die Besuche bei Oma. Sie hatte Pfingsten Gerhard Pauli, den Pfarrer von Tupfingen, geheiratet und wohnte seitdem im Pfarrhaus. Das war zum Glück ganz in der Nähe, und ich ging jeden Tag mindestens einmal rüber, um ein Stück von Omas sensationellem Schokoladenkuchen zu essen, einen Kakao zu trinken oder einfach nur ein bisschen zu quatschen. Das war prima, dauerte aber höchstens zwei Stunden. Seit Oma einen Herzschrittmacher hatte, musste sie sich öfter ausruhen. Pfarrer Pauli achtete streng darauf, dass sie ihre Ruhezeiten einhielt und sich nicht überanstrengte. Also sah ich zu, dass ich nicht allzu lange blieb.

Der Zelturlaub mit Rudi war eigentlich schon für letzten Sommer geplant gewesen. Zusammen mit Tim, meinem Zwillingsbruder. Aber dann hatten sich unsere Eltern getrennt, und alles war anders gekommen. Papa war aus-, und Gesa und Mona waren eingezogen, das Gesundheitszentrum wurde eröffnet und Lili geboren. Erst sollte die Trennung meiner Eltern nur eine Beziehungspause sein, doch inzwischen sind sie geschiedene Leute. Papa wohnt in einer WG in Dederstadt und ist immer im Stress. Er illustriert Kinder- und Schulbücher. Weil er dafür nicht besonders viel Geld bekommt, muss er ganz viel arbeiten, um über die Runden zu kommen. So hat er mir das zumindest mal erklärt. Am Ende der Ferien hatte er einen wichtigen Abgabetermin, darum wurde diesen Sommer wieder nichts aus unserem Zeltausflug. Genauso wenig wie aus der Urlaubsreise. Ich wäre so gerne mal wegfahren! Ich war nämlich noch nie im Urlaub gewesen. Es hätte ja nicht Mallorca sein müssen, der Harz wäre auch okay gewesen. Oder das Sauerland. Oder der Bayerische Wald. Da war meine Ex-beste-Freundin Lea gerade mit ihren Eltern. Hauptsache, weit weg von Tupfingen. Versteht mich nicht falsch, ich wohne gern in Tupfingen. Es ist wirklich schön hier. Ein nettes, kleines Dorf, in dem jeder jeden kennt. Aber ich möchte auch mal woandershin. Fremde Orte sehen, neue Leute kennenlernen, etwas Spannendes erleben.

Leider hatten wir kein Geld für eine Reise. Das Gesundheitszentrum lief gerade nicht so besonders. Keine Ahnung, ob das an der Krise lag, von der immer alle redeten, an der Sommerflaute oder daran, dass die Leute keine Lust mehr auf Yoga, Malen und gesunde Ernährung hatten. War mir auch egal. Ich wusste nur, dass es keinen Urlaub geben würde. Ich würde hier in Tupfingen bleiben. Zusammen mit der verliebten Mona und der griesgrämigen Langeweile. Tolle Aussichten!

Ich knüllte die Liste zusammen und warf sie ins Altpapier. Das brachte ja doch nichts! Die traurige Wahrheit war, dass ich die Langeweile nicht loswerden würde. Sie würde mich in den nächsten drei Wochen auf Schritt und Tritt begleiten und mir die Ohren volljaulen, bis ich verrückt wurde oder endlich, endlich die Schule wieder anfing.

Versteht ihr jetzt, warum ich keine Lust auf Ferien hatte?

Tim kam herein. Er ist sieben Minuten älter als ich und eine ganze Ecke schlauer. Bei ihm hätte die Langeweile keine Chance. Er ist Klassenbester und ständig mit irgendetwas beschäftigt. Mit seinem Computer zum Beispiel. Oder mit Schachspielen, seinem neuen Hobby. Könnt ihr euch etwas Öderes vorstellen?

»Hallo, Emma«, sagte Tim. »Alles klar?« Seine Haare standen zerzaust vom Kopf ab, und er sah müde aus.

Ich nickte, weil ich keine Lust hatte, ihm von meiner neuen Mitbewohnerin zu erzählen. Es war mir etwas peinlich, dass ich mich so von der Langeweile piesacken ließ. Ich musste allein mit ihr fertigwerden, sonst würde sie mir bis in alle Ewigkeit auf der Nase herumtanzen.

»Und bei dir?«, fragte ich zurück. »Du siehst aus, als hättest du die Nacht durchgemacht.«

»Hab ich auch fast.« Tim gähnte. »Ich hab bis zwei Uhr morgens über einer komplizierten Schachpartie gesessen.«

Ich verdrehte die Augen. »Hast du wenigstens gewonnen?«

»Natürlich!« Tim grinste. »Das ist ja das Gute daran, wenn man gegen sich selbst spielt. Man gewinnt immer.«

»Was findest du bloß an diesem blöden Schach?« Ich

schüttelte den Kopf. »Das ist doch sterbenslangweilig. Fast so, als würde man in den Ferien Mathe lernen.«

Tim nickte nachdenklich. »Stimmt, Schach und Mathe haben tatsächlich viel gemeinsam. Beides hat mit logischem Denken zu tun.«

»Nicht gerade meine Stärke«, stellte ich fest.

Tim lachte und stibitzte sich einen großen Löffel Schoko-Eis aus der Packung, die immer noch vor mir auf der Spüle stand. »Dafür hast du andere Talente.«

Ich seufzte. »Sag mal, wird dir eigentlich nie langweilig, wenn du den ganzen Tag nur in deinem Zimmer hockst?«

Tim sah mich überrascht an. »Langweilig? Nein, eigentlich nicht. Ich hab jede Menge mit dem Training für das Sommer-Schachturnier nächste Woche zu tun. Wenn ich unter die ersten drei kommen will, muss ich noch viel besser werden. Außerdem hab ich mir ein paar interessante Bücher aus der Stadtbücherei geholt, die ich in den Ferien lesen will.«

»Was denn für Bücher?«, erkundigte ich mich. Vielleicht konnte ich mir ja eins ausleihen.

»Ein Buch über die Geschichte der Mathematik, eine Einstein-Biografie und ein paar Schachbücher«, zählte Tim auf.

»Klingt spannend.« Ich verzog das Gesicht, doch dann musste ich lachen. »Du bist wirklich verrückt!«

Ein hohes Quietschen drang aus Mamas Schlafzimmer. Lili war aufgewacht, und meine Laune hob sich augenblicklich. Ich beschloss, mit Lili einen Spaziergang zu Oma zu machen. Dann konnte die Langweile auf dem Dachboden hocken, bis sie schwarz wurde!

Tim nahm sich einen Apfel aus der Obstschale und verschwand in sein Zimmer, vermutlich um wieder stundenlang auf sein Schachbrett zu starren oder an seinem Computer herumzufummeln. Ich stellte das Eis zurück ins Tiefkühlfach und ging zu Lili. Sie strahlte, als ich hereinkam, und mir ging es gleich besser.

»Hallo, Süße!«, sagte ich. »Wollen wir einen Ausflug machen?«

Ich hob sie aus ihrem Gitterbettchen. Es stand direkt neben Mamas Bett. Wenn Lili etwas älter ist, soll sie in die kleine Kammer auf dem Dachboden ziehen, in der Oma bis zur Hochzeit mit Pfarrer Pauli gewohnt hat. Auch wenn die Kammer eigentlich viel zu klein ist. Das alte Bauernhaus, das meine Eltern vor ein paar Jahren gekauft haben, platzt allmählich aus allen Nähten. Außer Mama, Gesa, Mona, Tim und mir wohnt hier auch noch Klaus, mein anderer Bruder, und natürlich Lili. Außerdem ist Papa oft hier, um sich um Lili zu kümmern. Und in letzter Zeit hängt auch noch Thomas ständig bei uns herum, Mamas neuer Freund. Als wenn wir nicht schon genug Leute wären!

Als ich gerade an Lilis Hintern herumschnüffelte, um herauszufinden, ob sie eine neue Windel brauchte, klingelte es an der Haustür.

»Wer kann das sein?«, fragte ich Lili. Sie quietschte als Antwort. Ich nahm sie auf den Arm und ging in den Flur. Insgeheim hoffte ich ein bisschen, es wäre ein Wunder geschehen und Klara stünde draußen. Vielleicht war sie ja früher als geplant aus dem Urlaub zurückgekommen, weil ihren Eltern das Hotel nicht gefallen hatte. Oder weil es ihnen zu heiß auf Mallorca gewesen war. Hätte doch sein können, oder?

Erwartungsvoll öffnete ich die Haustür. Doch vor mir stand nicht Klara, sondern Oma. Sie schnaufte wie ein altes Walross, und ihre grauen Löckchen standen zerzaust vom Kopf ab. Auf ihrer Stirn glitzerten Schweißperlen, und sie war krebsrot im Gesicht.

»Was ist passiert?«, fragte ich erschrocken. »Geht's dir nicht gut? Hast du wieder Herzprobleme?«

»Nein ... nein«, keuchte Oma. »Alles ... in ... Ordnung.«

»Komm erst mal rein.« Wir gingen in die Küche. Oma ließ sich auf einen Stuhl fallen und fächelte sich mit einem Briefumschlag Luft zu. Ich setzte Lili auf den Boden, goss ein Glas Leitungswasser ein und stellte es vor Oma auf den Tisch. »Trink einen Schluck. Dann geht's dir bestimmt gleich besser.«

Seit ihrer Operation hatte Oma keinen Schwächeanfall mehr gehabt, aber ich machte mir trotzdem Sorgen. Die Vorstellung, dass ein kleines Gerät in Omas Brust ihren Herzschlag kontrollierte, fand ich ziemlich unheimlich. Was, wenn der Herzschrittmacher kaputtging? Daran durfte ich gar nicht denken ...

Oma trank das Wasserglas in einem Zug aus, wischte sich den Schweiß von der Stirn und sah mich mit glänzenden Augen an. »Emma«, sagte sie feierlich. »Ich habe sensationelle Neuigkeiten.«

2. Kapitel
Ein blindes Huhn findet auch mal ein Korn

Natürlich platzte ich fast vor Neugier. Dummerweise wollte Oma mit ihren sensationellen Neuigkeiten erst herausrücken, wenn die ganze Familie versammelt war. Also ließ ich Lili bei Oma zurück und rannte los, um die anderen zusammenzutrommeln.

Zehn Minuten später saßen alle am Küchentisch. Nur Mona und Klaus fehlten. Mona war bei Daniel, und wo Klaus steckte, wusste niemand so genau. Wahrscheinlich bei seiner Freundin Nadine. Oder er düste mit seinem Mofa durch die Gegend. Manchmal bin ich mir nicht sicher, was er mehr liebt, sein Mofa oder Nadine. Klaus ist fast siebzehn und etwas seltsam. Er redet nicht besonders viel, und wenn er mal was sagt, verstehe ich meistens nicht, was er meint. Seit er mit Nadine zusammen ist, ist es etwas besser geworden. Sie hat ihn sogar dazu überredet, sich die Haare schneiden zu lassen. Jetzt fallen ihm wenigstens nicht mehr ständig seine dünnen Fransen ins Gesicht. Und manchmal sagt er sogar »bitte« und »danke«. Das ist doch schon was!

Gesa, Mama und Thomas hatte ich aus der Scheune geholt, in der früher Papas Atelier gewesen war. Jetzt hielt Gesa dort ihre Yoga-Kurse ab. Oder sie plante mit Mama neue Aktionen für das Gesundheitszentrum, so wie heute. Keine Ahnung, warum Thomas auch dabei war. In letzter Zeit wich er Mama nicht mehr von der Seite, was ich ziemlich nervig fand.

»Was ist denn so wichtig?«, fragte Mama stirnrunzelnd. Sie hatte Lili auf dem Schoß, die fröhlich quiekte. Sie mag es, wenn alle zusammen sind. »Wir haben doch heute unseren Planungstag.«

»Ihr könnt gleich weiterplanen«, sagte Oma. »Aber vorher muss ich euch etwas Wichtiges mitteilen.«

»Hast du im Lotto gewonnen?« Gesa lachte. Sie hatte sich eins ihrer bunten Tücher um den Kopf geschlungen.

»Die Chance auf einen Sechser im Lotto steht ungefähr eins zu vierzehn Millionen«, erklärte Tim, der neben Mama saß. Ich hatte es tatsächlich geschafft, ihn von seinem Schachbrett loszueisen. »Die Chance auf einen Jackpot steht sogar nur eins zu einhundertvierzig Millionen. Sie ist also faktisch gleich null.«

»Ich hab mal sechzehn Euro dreißig im Lotto gewonnen«, erzählte Thomas, obwohl ihn niemand gefragt hatte. »Damit hatte ich zumindest meinen Einsatz wieder raus.«

Ich verdrehte die Augen. »Und wen interessiert das?«

»Emma!« Mama warf mir einen strengen Blick zu, der so viel bedeutete wie »Halt den Mund!«.

Ausnahmsweise tat ich das auch, damit es keinen Streit gab und Oma endlich ihre sensationelle Neuigkeit verkünden konnte. Auch wenn ich es ziemlich unmöglich fand, dass Thomas sich ganz selbstverständlich zu uns an den Tisch gesetzt hatte. Immerhin war das hier eine Familienversammlung! Und zu unserer Familie gehörte Thomas noch lange nicht. Auch wenn er das bestimmt gerne gehabt hätte.

»Im Lotto habe ich leider nicht gewonnen«, sagte Oma. »Was daran liegen könnte, dass ich gar kein Lotto spiele. Aber ich habe woanders gewonnen. Und zwar hier!« Sie schwenkte eine ihrer geliebten Rätselzeitungen. Oma löst ständig Kreuzworträtsel. Mindestens drei am Tag. Und zwar die richtig schweren. Sie ist ziemlich gut, aber gewonnen hatte sie bis zu diesem Tag noch nie etwas.

»Herzlichen Glückwunsch!«, sagte Gesa. »Das ist ja toll!«

»Ein blindes Huhn findet auch mal ein Korn«, stellte Oma zufrieden fest. Schlaue Sprüche sind ihre Spezialität. Neben Schokoladenkuchen und Schweinebraten mit Kruste. Niemand kennt so viele schlaue Sprüche wie Oma.

»Und dafür holst du uns aus unserer Besprechung?« Mama schüttelte den Kopf, während Lili ihr die Haare zerzauste. »Hätte das nicht Zeit bis später gehabt?«

»Nein«, sagte Oma bestimmt. »Wollt ihr denn gar nicht wissen, *was* ich gewonnen habe?«

»Eine Kaffeemaschine?«, fragte ich.

»Falsch!«

»Ein Teeservice?«, schlug Tim vor.

Oma schüttelte den Kopf.

»Vermutlich eine Heizdecke«, murmelte Mama. Sie hatte heute eindeutig schlechte Laune. Wie so oft in letzter Zeit. Das lag an dem blöden Gesundheitszentrum. Genauer gesagt daran, dass nicht mehr so viele Leute in Mamas und Gesas Kurse kamen. Ich glaube, das machte Mama ganz schön fertig.

»Wieder daneben!« Oma legte die Rätselzeitschrift auf den Tisch und schlug sie auf. »Hier ist mein Preis. Es ist übrigens der Hauptgewinn. Was sagt ihr dazu?« Sie sah uns erwartungsvoll an.

Ich warf einen Blick auf die Zeitschrift. Auf der Doppelseite waren ein ockergelber Sandstrand und blaugrünes Meer zu sehen. Zwischen bunten Strandkörben ließen Kinder Drachen steigen, während die Erwachsenen entspannt in der Sonne lagen. Über allem wölbte sich ein wolkenloser Himmel.

»Hast du etwa einen Strandkorb gewonnen?«, fragte ich etwas ratlos.

»Nein, nein!« Allmählich wurde Oma ungeduldig. »Der Hauptgewinn ist eine Woche Urlaub am Meer für vier Personen! Mit Hotel, Halbpension, Sauna und allen Schikanen.«

»Wow!« Gesa reagierte als Erste. »Nicht schlecht.«

Oma lächelte glücklich. »Ich freu mich so! Im Strandkorb sitzen, die gute Seeluft schnuppern und eine Runde im Meer schwimmen – herrlich! Nächste Woche geht's los. Wer kommt mit?« Sie warf einen Blick in die Runde.

Alle starrten sie ungläubig an. In meinen Fingerspitzen begann es zu kribbeln. Dann kribbelten meine Arme, meine Beine und schließlich mein ganzer Körper. Ich sprang auf. »Ich!!!« Tausend Fragen schossen mir durch den Kopf. »Fahren wir wirklich nächste Woche schon? In ein echtes Hotel? Und ich darf mit? Ganz ehrlich?« Vor lauter Kribbeligkeit konnte ich nicht stillstehen und hüpfte von einem Fuß auf den anderen. Das war wirklich kaum zu glauben!

Ich würde in die Ferien fahren.

Ich würde in die FERIEN fahren!

ICH WÜRDE IN DIE FERIEN FAHREN!!!

Und die Langeweile konnte mir mal den Buckel runterrutschen!

»Ich hab leider keine Zeit«, sagte Tim. »Nächstes Wochenende ist das große Sommer-Schachturnier, da will ich unter die ersten drei kommen.«

»Bei uns passt es auch nicht«, sagte Mama. »Wir planen gerade eine Wellness-Woche, um die Sommerflaute im Gesundheitszentrum zu überbrücken. Mit Yoga, Malen, Kochen und allem, was dazugehört. Vielleicht können wir damit ja ein paar neue Kunden anlocken.«

»Ein bisschen Erholung würde dir aber bestimmt guttun. Du bist in letzter Zeit total verspannt.« Thomas stellte sich hinter Mama, legte seine Hände auf ihre Schultern und begann, sie zu massieren. »Verschieb doch die Wellness-Woche, dann können wir mit ans Meer fahren.«

Der Typ ging ganz selbstverständlich davon aus, dass er ebenfalls eingeladen war! Ziemlich dreist. Thomas ist elf Jahre jünger als meine Mutter, könnt ihr euch das vorstellen? Er ist 25, und Mama hat vor Kurzem ihren 36. Geburtstag gefeiert. Thomas ist Student und arbeitet nebenbei als Aktmodell. Das heißt, er zieht sich nackig aus, damit andere Leute ihn malen können. Und das ist ihm nicht mal peinlich! Ich finde, mehr muss man eigentlich nicht über ihn wissen. Vor einer Weile hat Mama Thomas als Modell für ihren Aktmalkurs engagiert, so haben sich die beiden kennengelernt. Wenn das nicht schräg ist!

»Du wärst an meiner Stelle auch verspannt!« Gereizt schüttelte Mama Thomas' Hände ab. »Immerhin ist meine Existenzgrundlage in Gefahr, und ich weiß nicht, ob ich nächsten Monat noch genug Geld habe, um meine Familie zu ernähren. Aber solche Probleme hast du ja nicht. Mama und Papa zahlen dir das Studium, wie praktisch!«

Thomas hob abwehrend die Hände. »Schon gut, ich hab's kapiert. Ich misch mich nicht mehr ein.«

»Schön wär's«, murmelte ich, was mir einen weiteren ärgerlichen Blick von Mama einbrachte.

»Wirklich schade, dass wir nicht mitfahren können«, sagte Gesa. »Ich hätte auch mal wieder Lust auf Urlaub. Aber die Wellness-Woche geht natürlich vor. Trotzdem vielen Dank für die Einladung, Gertrud. Das ist sehr großzügig von dir.«

»Papperlapapp«, sagte Oma. »Gerhard hat leider auch keine Zeit, er muss die Sommerfreizeit der Konfirmanden betreuen. Das ist schon lange geplant und kann nicht verschoben werden. Ich fände es schade, wenn die anderen Plätze verfallen. Vielleicht möchte Mona ja mitfahren. Oder Klaus.«

»Was ist mit mir?«

Wie aufs Stichwort betrat Klaus die Küche. Er zog seine regennasse Lederjacke aus und hängte sie über einen Stuhl. Auch seine löchrige Jeans war dunkel vor Nässe. Seine Haare sahen ebenfalls feucht aus, waren aber wahrscheinlich nur fettig. Klaus wäscht sich höchstens alle vierzehn Tage die Haare. Doch zumindest duscht er ein Mal die Woche, seit er mit Nadine zusammen ist.

»Möchtest du mit Emma und mir ans Meer fahren?«, fragte Oma. »Ich habe eine Reise gewonnen. Eine Woche im Hotel, nächsten Samstag geht's los.«

Klaus strich sich die Haare aus der Stirn. Sein Gesicht

war völlig ausdruckslos, wie meistens. Immerhin schien er nachzudenken. Vielleicht herrschte aber auch absolute Leere in seinen Gehirnwindungen. So genau kann man das bei ihm nie sagen.

Schließlich schüttelte er den Kopf. »Geht nicht. Bin nächste Woche in Dänemark.«

»*Wo* bist du?«, fragte Mama.

»Dänemark«, wiederholte Klaus.

»Davon weiß ich ja gar nichts!« Mama klang alarmiert. »So etwas musst du doch mit mir absprechen, Klaus.«

»Mach ich ja gerade«, sagte Klaus seelenruhig. Manchmal bin ich mir nicht sicher, ob mein Bruder einen Dachschaden hat oder einfach nur ein supercooler Typ ist.

»Mit wem willst du denn fahren?«, wollte Mama wissen. »Und wie wollt ihr nach Dänemark kommen?«

»Nadine. Mit dem Zug.«

Wie ich schon sagte, Klaus spricht kein Wort zu viel. Als wären Wörter furchtbar teuer und er sehr knapp bei Kasse.

»Wie, nur ihr beide?« Jetzt klang Mama noch alarmierter.

Klaus nickte.

»Was sagen denn Nadines Eltern dazu?«

Klaus zuckte mit den Schultern. »Weiß nicht. Schätze, sie finden's okay.« Er drehte sich um und ging zur Tür.

»Darüber reden wir noch mal in Ruhe!«, rief Mama ihm hinterher, doch Klaus war bereits verschwunden. Mama sah ihm kopfschüttelnd nach. »Der Junge macht nur noch, was er will. Das geht doch nicht!«

Thomas grinste. »Er ist siebzehn, Lia! Der kommt schon klar.«

»Noch ist Klaus sechzehn«, stellte Mama klar. »Und ich bin für ihn verantwortlich.«

»Klaus fällt also ebenfalls weg«, sagte Oma. »Bleiben vorerst wir beide, Emma.« Sie hielt mir die Hand hin. »Reisepartner?«

Ich schlug ein. »Reisepartner!«

Was man für einen Urlaub am Meer unbedingt braucht:

- Einen neuen Badeanzug (mein alter fällt fast auseinander und ist total durchsichtig. Das geht gar nicht! Dummerweise hasse ich es, Badeanzüge anzuprobieren. Aber da muss ich wohl durch …)
- Schnorchel und Schwimmflossen zum Tauchen
- Großes Badelaken
- Sonnenbrille (ganz wichtig, um am Strand cool auszusehen!)
- Comics zum Lesen
- Tütenweise gute Laune (kein Problem, die hab ich sowieso!!!)

3. Kapitel

Das fängt ja gut an!

Die nächsten Tage hatte die Langeweile keine Chance. Sie versuchte immer mal wieder, mich mit ihrem Gejammer zu nerven, aber ich war viel zu beschäftigt, um mich länger mit ihr abzugeben. Schließlich gab sie es auf und verschwand so still und leise, wie sie gekommen war. Ich weinte ihr keine Träne nach.

Meine Laune war so gut wie seit Ferienbeginn nicht mehr. Ich trällerte vor mich hin, während ich meinen Schrank nach Sommerkleidern und T-Shirts durchwühlte, im Schuppen nach der Taucherausrüstung suchte, Mamas geblümte Reisetasche entstaubte und im Dorfladen Sonnencreme, ein paar Comics und neue Rätselhefte für Oma besorgte.

Das einzig Blöde war, dass ich einen neuen Badeanzug brauchte. Badeanzüge anprobieren ist so ziemlich das Schlimmste, was es gibt, ganz ehrlich! Jedes Mal stoße ich in diesen furchtbar engen Umkleidekabinen beim An- und Ausziehen mit dem Ellbogen, dem Knie oder dem Kopf irgendwo gegen. Ich komme da nie ohne blaue Flecken raus. Außerdem sieht man in dem grellen Neonlicht so bleich aus wie eine magenkranke Wasserleiche.

Aber nicht einmal das konnte mir längere Zeit die Laune vermiesen. Wie Oma immer sagt: Augen zu und durch! Natürlich musste ich die Augen zwischendurch auch mal aufmachen, um zu sehen, wie die Badeanzüge saßen. Zum

Glück war Mona mitgekommen und half mir. Sie suchte mir zu kleine Badeanzüge eine Nummer größer heraus und schielte durch den Spalt im Vorhang, um ihre Meinung abzugeben. Ich war heilfroh, als der dritte Badeanzug auf Anhieb passte. Er war blau gestreift und gefiel mir sofort.

»Perfekt!«, stellte Mona fest. »Schlicht und sportlich. Steht dir super.«

»Prima, dann kann ich mich ja wieder anziehen.« Erleichtert schlüpfte ich in meine Klamotten und ging zur Kasse. Ich atmete auf, als wir das Kaufhaus endlich verlassen konnten. Diese Einkauferei ist echt nichts für mich. Keine Ahnung, wie manche Leute sogar Spaß daran haben können.

Der Himmel war mal wieder bewölkt, wie meistens in der letzten Woche. Wenigstens regnete es nicht. Wir machten uns auf den Weg zur Bushaltestelle.

»Hoffentlich wird das Wetter bald besser, damit ich meinen neuen Badeanzug im Urlaub auch anziehen kann«, sagte ich, während ich neben Mona über den Marktplatz lief. Es war nicht allzu viel los in Dederstadt. An den Tischen vor dem *Venezia*, der einzigen Eisdiele des Ortes, saßen kaum Leute. Wahrscheinlich waren die meisten im Urlaub, genau wie ich bald. Nur noch ein paar Tage, juchhu!

»Wenn es regnet, springst du eben in den Hotel-Pool. Das wird bestimmt super.« Mona seufzte.

»Willst du nicht doch mitkommen?«, fragte ich. »Mit dir zusammen wäre es viel lustiger.«

Mona schüttelte den Kopf. »Das kann ich Daniel nicht antun. Jetzt, wo seine Band nicht probt, können wir uns endlich so oft treffen, wie wir wollen. Da wär's doch blöd, einfach wegzufahren, oder?«

Ich zuckte mit den Schultern. »Ja, vielleicht. Wann starten die Bandproben denn wieder?«

Vor einer Weile hatte Daniel mit seinem Kumpel Markus und mit Jonas, dem Bruder meiner Freundin Klara, eine Heavy-Metal-Band gegründet. Sie wollten ganz groß rauskommen und probten, so oft es ging. Mona hatte Verständnis dafür, auch wenn sie und Daniel sich deswegen nicht besonders häufig sehen konnten.

»Das weiß niemand so genau.« Mona nagte an ihrer Unterlippe. »Seit sich Daniel mit Markus gestritten hat, liegen die Proben auf Eis. Außerdem ist Jonas ja noch im Urlaub.«

»Daniel und Markus haben sich immer noch nicht vertragen?« Ich blieb überrascht stehen. »Das gibt's ja nicht!«

»Leider doch.« Mona seufzte. »Ich hab schon versucht, mit Daniel darüber zu reden, aber er will einfach nicht den ersten Schritt machen.«

»Vielleicht ist es besser so.« Ich ging langsam weiter. »Markus ist manchmal ein richtiger Idiot. Eigentlich fast immer, wenn man es genau betrachtet. Und wie er dich behandelt hat, das war echt das Letzte.«

Markus hatte ständig fiese Bemerkungen über Mona gemacht, bis es Daniel zu bunt geworden war und er ihm kurz vor den Ferien ordentlich die Meinung gesagt hatte. Was ich ziemlich gut von ihm fand. Doch Mona hatte ein schlechtes Gewissen, weil sich die beiden ihretwegen gestritten hatten.

»Ich mag Markus ja auch nicht besonders«, gab Mona

zu. »Aber er ist nun mal Daniels bester Freund. Und wenn sie sich nicht wieder vertragen, bricht die Band auseinander. Das wäre total schlimm für Daniel.« Mona seufzte. »Jedenfalls will ich ihn jetzt nicht im Stich lassen, darum wird leider nichts aus dem Urlaub.«

»Kann ich verstehen.« Wir waren an der Bushaltestelle angekommen. Es fing an zu regnen, und wir stellten uns schnell in dem kleinen Wartehäuschen unter. »Andererseits ist das eine einmalige Gelegenheit. So schnell wird Oma bestimmt nicht noch mal eine Reise gewinnen.«

»Nein, wahrscheinlich nicht.« Mona lächelte. »Dann musst du eben für uns beide Spaß haben.«

Ich grinste. »Das dürfte kein Problem sein!«

Zwei Tage später war es endlich so weit. Am Samstagvormittag standen Oma und ich am Dederstädter Bahnhof und warteten auf unseren Zug. Oma hatte einen großen, altmodischen Koffer dabei, mit dem sie bisher all ihre Reisen unternommen hatte. Und das waren eine ganze Menge. Nach Opas Tod war Oma viel herumgekommen. Sie war nach Amerika, Kanada, Brasilien, Afrika, Ägypten und sogar nach Grönland gefahren! Darum sah ihr Koffer auch ziemlich mitgenommen aus. Die braune Farbe war an vielen Stellen abgeblättert, und der Schnappverschluss war ausgeleiert. Aber Oma konnte sich von dem guten Stück einfach nicht trennen. Sie behauptete, der Koffer würde ihr Glück bringen.

Ich hatte meine Sachen in Mamas geblümte Reisetasche gestopft. Außerdem trug ich meinen Rucksack, in den Mama jede Menge Proviant für die Fahrt gepackt hatte.

»Bist du sicher, dass die Reise nicht zu viel für dich wird?«, fragte Mama Oma zum dritten Mal.

Und zum dritten Mal nickte Oma. »Ich schaff das schon, keine Sorge. Außerdem ist Emma ja auch noch da.«

»Pass auf, dass Oma sich nicht übernimmt«, schärfte Mama mir ein. »Und wenn es ihr nicht gut geht, rufst du mich sofort an, hörst du?«

Mama hatte uns mit Gesas klapprigem VW-Bus zum Bahnhof gefahren. Zum Glück war Thomas ausnahmsweise nicht mitgekommen.

»Jaja, mach ich.« Ich gähnte. Vor lauter Aufregung hatte ich nachts kaum schlafen können. Meine erste richtige Reise! Ich fühlte mich wie ein Forscher, der eine Expedition ins Ungewisse unternimmt. Was würde Oma und mich am Ziel unserer Reise erwarten? Aufregende Abenteuer? Fremde Welten? Neue Freunde? Eins war jedenfalls sicher: Die Langeweile blieb zu Hause!

Eine Lautsprecherdurchsage kündigte den Zug an. Mama ließ noch ein paar Ermahnungen vom Stapel, die jedoch größtenteils im Lärm des einfahrenden Zuges untergingen. Je langsamer der Zug wurde, desto schneller pochte mein Herz. Endlich ging es los! Die Bremsen kreischten so laut, dass ich mir die Ohren zuhalten musste, dann blieb der Zug stehen. Die Türen öffneten sich, und ein paar Leute stiegen aus.

»Tschüss, mein Schatz!« Mama umarmte mich. »Ich wünsch dir ganz viel Spaß!« Sie drückte mich so fest, dass ich beinahe keine Luft mehr bekam. Dann ließ sie mich los, um sich von Oma zu verabschieden. Plötzlich hatte ich einen Kloß im Hals. Ich war noch nie ohne meine

Eltern weggefahren. Es fühlte sich irgendwie komisch an. Gut, dass Oma dabei war.

Mama griff nach Omas Koffer und stellte ihn in den Zug. Oma stieg ein. Ich kletterte mit meiner Reisetasche hinterher. Plötzlich ging alles ganz schnell. Die Türen knallten zu, und der Zug setzte sich in Bewegung. Mama blieb winkend am Bahnsteig zurück. Ich winkte auch, bis wir um eine Kurve bogen und Mama nicht mehr zu sehen war. Der Kloß in meinem Hals wurde immer dicker, und meine Augen brannten. In diesem Moment hätte ich den Zug am liebsten angehalten, wäre hinausgesprungen und auf direktem Weg zurück nach Hause gelaufen.

Doch da spürte ich Omas Hand auf meiner Schulter. »Komm, Emma-Kind, wir suchen uns einen schönen Platz.«

Ich wischte mir schnell über die Augen und nickte. Und während sich der Zug ratternd immer weiter von Dederstadt entfernte, griff ich nach meiner Reisetasche und folgte Oma in den nächsten Waggon.

Es war meine erste längere Zugfahrt, und die Zeit verging im Handumdrehen. Erst marschierten wir durch den halben Zug, bis wir ein freies Abteil gefunden hatten. Dann richteten wir uns ein. Selbstverständlich nahmen wir die Plätze am Fenster. Oma zeigte mir, wie man die Sitze verstellt, damit man es richtig bequem hat. Oder schlafen kann, wenn man müde ist. Natürlich wollte ich nicht schlafen, auch wenn ich ziemlich müde war. Aber die Reise war viel zu aufregend.

Während Oma ein Nickerchen machte, spazierte ich

durch den Zug und sah mir alles an. Das Bordrestaurant, den Schaffner, die Klos, das Kleinkindabteil und die anderen Reisenden.

Es waren viele Familien mit Kindern unterwegs, vermutlich fuhren sie in den Sommerurlaub, so wie ich. Im Kleinkindabteil plärrten mehrere Babys, und ich musste an Lili denken. Sie fehlte mir jetzt schon. Schade, dass der Rest der Familie keine Zeit gehabt hatte. Zusammen wäre es viel lustiger gewesen. Sogar Rudi hatte ich noch gefragt, ob er mitfahren wollte, aber er musste arbeiten. Hätte ich mir eigentlich denken können. Egal, dann würden Oma und ich eben zu zweit Spaß haben!

Ich ging zurück in unser Abteil. Oma schlief noch, und ich sah eine Weile aus dem Fenster. Die Landschaft, die draußen vorbeiflog, wurde immer flacher. Ich aß eins von den belegten Dinkelbrötchen, die Mama mir eingepackt hatte. Danach war ich eigentlich satt, aber weil ich nichts Besseres zu tun hatte, aß ich noch einen Apfel und einen Bio-Müsliriegel. Der schmeckte allerdings wie eingeschlafene Füße.

Nach einer Weile wachte Oma auf. Sie gähnte und reckte sich. Dann rieb sie sich unternehmungslustig die Hände. »Wollen wir in den Speisewagen gehen?«

»Klar!« Ich sprang auf. »Aber ich glaube, heutzutage heißt das Bordrestaurant.«

»Papperlapapp«, sagte Oma und erhob sich.

Wir bekamen den letzten freien Tisch. Oma bestellte eine Tomatensuppe mit Kräutern. Ich nahm nur eine Cola. So etwas gibt es bei uns zu Hause nie, weil Gesa einen totalen Bio-Tick hat und nur supergesunde Sachen einkauft.

Meiner Meinung nach übertreibt sie es ein bisschen. Ich finde, eine Cola hin und wieder kann nicht schaden.

Darum sog ich ausgesprochen genüsslich an meinem Strohhalm, während Oma ihre Suppe löffelte. Als sie fertig war, schob sie den Teller zur Seite und lehnte sich zufrieden zurück. »Ist es nicht herrlich, unterwegs zu sein, Emma?«, fragte sie. »Jetzt merke ich erst, wie sehr ich das Reisen vermisst habe. Wir beide machen uns eine richtig schöne Woche, ja?«

Ich nickte. »Genau. Das wird super!« Und während ich den letzten Schluck Cola trank, löste sich mein Heimweh endgültig in Luft auf.

Zwei Stunden später waren wir da. Leider verlief unsere Ankunft nicht ganz so, wie ich sie mir vorgestellt hatte. Ich stieg nicht majestätisch aus dem Zug wie eine weit gereiste Prinzessin. Niemand erwartete uns am Bahnsteig und nahm uns das Gepäck ab. Kein schicker Wagen mit getönten Scheiben (wahlweise eine Kutsche mit weißen Pferden) stand bereit, um uns zum Hotel zu bringen. (Nicht, dass ich das wirklich erwartet hätte. Aber man wird ja wohl noch träumen dürfen …)

Stattdessen hätten Oma und ich fast unsere Haltestelle verpasst. Wir spielten Karten und waren so vertieft, dass wir glatt die Ansage überhörten. Ich rief gerade »Letzte Karte!« (Wir spielten Mau-Mau, und ich hatte bereits neunmal hintereinander gewonnen), als der Zug langsamer wurde.

Oma raufte sich schimpfend ihre grauen Löckchen. »Das darf doch nicht wahr sein! Gib's zu, du hast geschummelt!« (Oma kann nicht gut verlieren. Das liegt in der Familie, sagt sie immer.)

Ich grinste. »Mach dir nichts draus: Pech im Spiel, Glück in der Liebe!« Das ist einer von Omas Lieblingssprüchen. Glücklicherweise warf ich in diesem Moment einen Blick aus dem Fenster und las, was auf dem Schild am Bahnsteig stand. »Wattenbüll ... Sag mal, müssen wir hier nicht aussteigen?«

Oma sprang auf, und alle Karten flogen durcheinander. Meinen zehnten Sieg in Folge konnte ich vergessen. Aber mir blieb keine Zeit, mich darüber zu ärgern.

»Verflixt!«, rief Oma. »Wir müssen raus, Emma. Schnell!«

Ich sammelte die Karten ein und stopfte sie in meinen Rucksack. Genauso wie meine Trinkflasche, die halb leere Packung Müsliriegel (ich hatte noch zwei gegessen, leider waren sie davon nicht leckerer geworden ...), ein zerfleddertes Comicheft, ein angebissenes Butterbrot und eine Dose Pfefferminzdrops. Oma raffte ihre Rätselzeitschriften zusammen, die überall verstreut lagen, und holte ihren Koffer aus dem Gepäckfach. Ich zog die Blümchen-Reisetasche unter dem Sitz hervor. Der Zug war inzwischen zum Stehen gekommen. Die ersten Reisenden stiegen aus und liefen draußen an unserem Fenster vorbei.

»Beeilung!«, keuchte Oma. »Der Zug fährt gleich weiter!«

Ich sprang auf den Gang und zerrte die Reisetasche hinter mir her. Oma mühte sich währenddessen mit ihrem Koffer ab. Leider war er ziemlich sperrig und blieb überall hängen. Als wir endlich die Tür erreicht hatten, kamen uns bereits die zugestiegenen Fahrgäste entgegen.

»Platz da!«, rief ich. »Wir müssen raus!«

Kopfschüttelnd wich eine elegante Dame mit rotem Rollkoffer zur Seite. »Na, so was!«, murmelte sie. »Das ist doch unmöglich!«

Ich sparte mir eine Antwort und drängelte mich an der Dame und den anderen Fahrgästen vorbei, die murrend Platz machten. Hinter mir hörte ich Omas Keuchen und vereinzelte Schmerzensschreie. Offenbar hatte Oma mit ihrem Koffer den einen oder anderen Reisenden gerammt. Hoffentlich hatte es auch die eingebildete Schachtel mit ihrem albernen Rollkoffer erwischt!

Doch ehe ich mich umdrehen konnte, ertönte ein schriller Pfiff, und mein Herz blieb vor Schreck beinahe stehen. Der Zug fuhr ab! Ich machte einen Satz zur Tür, warf meine Tasche hinaus und sprang todesmutig hinterher.

»Halt!«, rief ich, rappelte mich auf und fuchtelte wild mit beiden Armen. »Nicht losfahren! Warten Sie bitte!«

Jetzt erschien Oma in der Zugtür. Sie schnaufte wie eine alte Dampflok. »Nimm den Koffer, Emma!«

Sie stieß den Koffer aus dem Zug und kletterte auf den Bahnsteig. Kaum hatten ihre Füße den Boden berührt, schlossen sich knallend die Türen, und der Zug setzte sich in Bewegung.

Oma wischte sich den Schweiß von der Stirn. »Puh ... das ... war ... knapp!«

Ich nickte. Mir war auch ganz schön heiß geworden. Aber Omas Zustand machte mir mehr Sorgen. Sie keuchte immer noch und war sehr rot im Gesicht.

»Setz dich erst mal hin.« Ich zeigte zu einer Bank auf dem Bahnsteig. »Du musst dich ausruhen.«

Oma ordnete ihre zerzausten Löckchen. »Es geht schon wieder.« Sie lächelte. »Alles in Ordnung.«

»Wirklich?«, fragte ich.

Oma nickte. »So, und jetzt bin ich wirklich gespannt auf unser Hotel!«

Sie griff nach ihrem Koffer, der ziemlich unsanft auf dem Bahnsteig gelandet war. Offenbar hatte ihm diese Behandlung nicht gefallen, denn er sprang mit einem vorwurfsvollen Ächzen auf und spuckte seinen gesamten Inhalt auf den Bahnsteig. Oma starrte mit offenem Mund auf das Chaos, das sich zu ihren Füßen ausbreitete. Geblümte Blusen, zeltförmige Unterhosen, Rätselhefte, eine lila Badekappe, ein fleischfarbener BH und vieles mehr lag bunt durcheinander auf den Pflastersteinen.

»Verflixt und zugenäht!«, murmelte Oma.

Ich sagte das Erste, was mir durch den Kopf schoss: »Der Urlaub fängt ja gut an!«

Bestimmt würde Oma gleich in die Luft gehen. Das hätte ich zumindest an ihrer Stelle getan, wenn mein ganzer Kram im Dreck gelandet wäre (und ganz Wattenbüll meinen fleischfarbenen BH sehen könnte. Das ist eindeutig Peinlichkeitsstufe 10!!!).

Aber Oma ging nicht in die Luft. Stattdessen öffnete sie den Mund – und prustete los. Sie lachte so sehr, dass ihr die Tränen über die Wangen liefen. Nach einer Schrecksekunde musste ich mitlachen.

So standen wir in Wattenbüll auf dem Bahnsteig, prustend, lachend und schwitzend, zwischen Omas malerisch auf dem Boden verstreuten Klamotten. Wahrscheinlich hielten uns die anderen Leute für komplett durchgeknallt. Jedenfalls machten sie einen großen Bogen um uns und warfen uns ziemlich seltsame Blicke zu.

Aber das war mir egal. Hauptsache, wir waren endlich angekommen. Der Urlaub konnte beginnen!

4. Kapitel

Emma macht eine Urlaubsbekanntschaft

Um es gleich vorwegzusagen: Das Hotel war einsame Spitzenklasse! Nicht dass ich viele Vergleichsmöglichkeiten gehabt hätte. Der *Friesenhof* in Wattenbüll war das erste Hotel, das ich von innen sah. Dafür war es aber auch richtig schick. Von außen sah es aus wie ein alter Bauernhof. Das Dach ging ganz weit runter und war nicht mit Ziegeln, sondern mit Stroh bedeckt. Als wir ankamen, wusste ich noch nicht, dass man Reet dazu sagt. Das hat Oma mir erst später erklärt. Die Fenster waren sehr klein, und überall standen Steinkübel mit blühenden Blumen herum. Es sah aus wie eine Puppenstube. Außerdem gab es einen großen Garten und eine Terrasse, auf der echte Strandkörbe standen. Aber das Beste war, dass man auf der Terrasse das Meer rauschen hören konnte. Und in unserem Zimmer auch. Zumindest bei geöffnetem Fenster.

Unser Zimmer war eigentlich eine Suite. Wisst ihr, was eine Suite ist? Ich wusste es nicht, bis ich an meinem ersten Urlaubstag eine betrat. Eine Suite sind zwei Hotelzimmer, die miteinander verbunden sind. So hat man ganz viel Platz. Toll, was? Oma und ich hatten ein Wohnzimmer und ein Schlafzimmer. Alles war picobello sauber und total schick eingerichtet. Der Fernseher war viel größer als unserer zu Hause, und der Teppichboden war weich und flauschig. Im Wohnzimmer gab es eine gemütliche Sitzecke mit einem blauen Sofa und zwei Sesseln und eine kleine Küchenecke mit zwei Herdplatten und einem Kühlschrank. Fast wie in einer richtigen Wohnung!

Im Schlafzimmer stand ein riesiges Doppelbett mit schneeweißem Bettzeug, das keine einzige Falte hatte. Auf den Kopfkissen lagen winzige Pralinen. Ich aß meine sofort auf. Sie schmeckte super. Omas Praline durfte ich auch essen. Dann hüpfte ich zurück ins Wohnzimmer und sang: »Wir wohnen in einer Suite, tralalalala, das ist einfach wunderbar!«

Oma lachte. »Heißt das, dir gefällt es hier?«

Ich blieb stehen und sah Oma kopfschüttelnd an. »Gefallen? Ich finde es sen-sa-tio-nell!«

Oma lachte wieder. »Das freut mich. Ich bin auch sehr zufrieden. So schön habe ich lange nicht mehr gewohnt. Das ist wirklich Luxusklasse.«

Ich hüpfte ins Bad und stieß einen Schrei aus.

»Was ist los?«, fragte Oma erschrocken. »Alles in Ordnung?«

»Komm her, das musst du dir ansehen!«, rief ich. »Das glaubst du nie!« Als Oma ins Bad kam, zeigte ich ihr, was ich entdeckt hatte. »Die haben hier sogar *zwei* Klos! Hast du so was schon gesehen? Das ist doch total verrückt!«

Oma fing an zu kichern. »Nein, Emma, da ist nur *ein* Klo. Das andere Ding ist ein Bidet.«

Ich starrte Oma mit großen Augen an. »Ein was?« Davon hatte ich noch nie gehört.

»Ein Bidet. Das ist ein Gerät, mit dem man sich den Po waschen kann«, erklärte Oma. Sie zeigte mir, wie das Bidet funktionierte.

»Aha.« Ich war fast etwas enttäuscht. Zwei Klos hätten mir besser gefallen.

Mir fiel einer von Omas schlauen Sprüchen ein: Reisen bildet.

Ich hatte bisher nie so richtig verstanden, was das bedeutet. Jetzt kapierte ich es. Ich war erst einen Tag unterwegs und hatte schon eine Menge gelernt. Wenn das so weiterging, konnte ich nach den Sommerferien glatt eine Klasse überspringen!

Am liebsten wäre ich sofort ins Meer gehüpft. Oder wenigstens in den Pool, der sich im Keller des Hotels befand. Das Wetter war leider immer noch nicht so toll. Es war wolkig und sah so aus, als würde es jeden Moment anfangen zu regnen. Aber Oma bestand darauf, dass wir erst auspackten.

»Ordnung muss sein«, sagte sie. »Und was du heute kannst besorgen, das verschiebe nicht auf morgen.«

Ich seufzte. Manchmal kann es auch etwas anstrengend sein, die weltbeste Sprücheklopferin zur Oma zu haben. So schnell wie möglich stopfte ich die Sachen aus meiner Reisetasche in den Schrank. Während Oma noch dabei war, ihre durcheinandergeratenen Klamotten glatt zu streichen und ordentlich wegzuhängen, war ich längst fertig.

»Ich gehe nach draußen«, sagte ich.

»Tu das, Emma«, sagte Oma. »Aber lauf nicht zu weit weg. Es gibt bald Abendessen.«

Zu Omas Hauptgewinn gehörten nicht nur die Suite und das Frühstücksbüfett, sondern auch ein Drei-Gänge-Menü am Abend, sodass wir nicht zu kochen brauchten und uns ordentlich die Bäuche vollschlagen konnten. Wenn das nicht praktisch war!

Fröhlich pfeifend verließ ich die Suite und schlenderte durch einen langen Flur mit einem vornehmen roten Läufer nach draußen. Wir wohnten im Gästehaus, einem extra Gebäude neben dem Haupthaus. Dazwischen lag der Garten. Ich setzte mich auf eine Holzbank und sah mich um. Hier gab es hauptsächlich Rasen und ein paar niedrige Hecken. In der Mitte plätscherte ein kleiner Springbrunnen vor sich hin, der von mehreren Bänken umgeben war. Der Garten wurde von einer niedrigen Mauer aus aufeinandergetürmten Steinen eingerahmt, auf der eine dichte Rosenhecke wuchs. Der Duft der Rosen vermischte sich mit dem Geruch nach Meer und Salz. So roch also mein Sommerurlaub, einfach himmlisch!

Ganz von selbst breitete sich ein Grinsen auf meinem Gesicht aus. Ich war ein echter Glückspilz! Wer sonst bekam mal eben so eine Reise ans Meer geschenkt? Das war fast zu schön, um wahr zu sein …

Ich überlegte gerade, ob ich vor dem Abendessen doch noch schnell einen Abstecher an den Strand machen sollte, da öffnete sich die Hintertür des Hotels, und ein Junge kam heraus. Er war etwas älter als ich, hatte hellblonde, strubbelige Haare und eine lustige Stupsnase voller Sommersprossen. Er trug einen Stapel schneeweißer Handtücher zum Gästehaus. Wahrscheinlich einer der Angestellten, auch wenn er statt der üblichen Hotelkluft Jeans und T-Shirt anhatte. Vielleicht jobbte er im Sommer hier, um sich etwas dazuzuverdienen. Ganz schön hart, in den Ferien arbeiten zu müssen. Weil mir der Junge irgendwie leidtat, hob ich die Hand und winkte ihm freundlich zu. Er blinzelte überrascht. Vielleicht war er es nicht gewohnt, dass die Hotelgäste nett zu ihm waren. Bestimmt waren die meisten hier reich und eingebildet und behandelten die Angestellten wie Luft. Der Gedanke machte mich total wütend.

Aber ehe ich mich richtig aufregen konnte, winkte der Junge zurück. Dabei geriet der Handtuchstapel gefährlich ins Wanken. Er versuchte noch, ihn festzuhalten, doch es war zu spät. Die Handtücher segelten auf den Kiesweg. Seufzend bückte sich der Junge, um sie wieder einzusammeln.

Ich sprang auf. »Warte, ich helfe dir.« Ich kniete mich neben ihn und hob ein Handtuch auf. Es war jetzt nicht mehr schneeweiß, sondern ziemlich dreckig. Ich wollte es wieder zusammenfalten, aber der Junge schüttelte den Kopf.

»Lass mal, das ist nicht mehr zu gebrauchen.« Er knüllte die restlichen Handtücher zusammen. »Ich hole neue.«

»So was Blödes«, sagte ich. »Kriegst du jetzt Ärger?«

»Ärger?« Wieder dieser überraschte Blick. Dann grinste der Junge. »Nö, keine Sorge.«

»Prima.« Ich stand auf. Offenbar hatte der Typ einen netten Chef. Wenigstens etwas. »Also, bis später.«

»Ja, man sieht sich.« Der Junge klaubte die restlichen Handtücher vom Boden auf.

In diesem Moment öffnete sich im obersten Stockwerk des Gästehauses ein Fenster. Eine Frau schaute heraus. Sie hatte sich ein Handtuch um den Kopf gewickelt und winkte dem Jungen ungeduldig zu. »Wo bleibst du denn,

Felix? Ich warte jetzt schon eine Ewigkeit auf die frischen Handtücher!«

»Bin gleich da!«, rief der Junge zurück, der also Felix hieß. Er zuckte bedauernd die Schultern. »Ich muss los, sonst krieg ich doch noch Ärger.« Er drehte sich um und kehrte mit dem Knäuel schmutziger Handtücher ins Haupthaus zurück.

Ich sah noch einmal nach oben, doch das Fenster war schon wieder zu. Ganz schön unverschämt von dieser Tante, den armen Felix so anzuschnauzen. Sollte sie doch froh sein, dass ihr überhaupt jemand frische Handtücher brachte!

Da öffnete sich ein Fenster im Erdgeschoss. Es gehörte zu unserer Suite, und Oma streckte ihren Kopf heraus. »Emma, komm rein! Gleich gibt es Abendessen, und du musst dich noch frisch machen.«

»Frisch machen?«, fragte ich verblüfft. »Warum denn das?«

»Das macht man so«, behauptete Oma. »Und jetzt rein mit dir!«

Seufzend kehrte ich in unsere Suite zurück. Oma hatte in der Zwischenzeit geduscht und sich ein frisches Blümchenkleid angezogen. Sie duftete nach Kölnischwasser, ihrem Lieblingsparfüm, und hatte sich sogar die grauen Löckchen ordentlich gekämmt. Sie bestand darauf, dass ich Hände und Gesicht wusch, mir einen Pferdeschwanz machte und saubere Klamotten anzog.

»Wie wär's denn mal mit einem Kleid, Emma-Kind?«, fragte sie.

Ich schüttelte den Kopf. »Auf keinen Fall!« Ich fühle

mich in Kleidern einfach nicht wohl. Stattdessen griff ich nach einer halbwegs sauberen Jeans und einer grünen Bluse. Das musste reichen. Ich hatte keine Lust, mich jeden Abend für das Essen zu verkleiden. »So, fertig.«

»Wie du meinst.« Oma zuckte mit den Schultern. »Dann mal los.«

Das Abendessen wurde im Haupthaus serviert. Der Speisesaal befand sich in einem großen Raum, den man durch eine Flügeltür von der Eingangshalle aus betrat. An den Wänden standen alte Schränke und Anrichten aus dunklem Holz. Dazwischen hingen Bilder, auf denen das Meer, Fischerboote oder der Strand zu sehen waren. Die meisten Tische waren schon besetzt, und die Leute unterhielten sich leise miteinander. Im Hintergrund lief klassische Musik, und in den Fenstern leuchteten Kerzen in blank polierten silbernen Leuchtern. Jeder Tisch war mit schneeweißer Tischdecke, einer kleinen Vase mit gelben Rosen, edlem weißem Porzellan, kunstvoll gefalteten Servietten und blitzendem Silberbesteck gedeckt.

Etwas unschlüssig blieb ich an der Tür stehen und murmelte: »So vornehm sieht es bei uns ja nicht mal zu Weihnachten aus.«

Jetzt verstand ich auch, warum Oma darauf bestanden hatte, dass ich mich umzog. Die Leute hier sahen alle total schick aus. Die Männer trugen weiße Hemden, manche sogar Anzug mit Krawatte. Die meisten Frauen hatten Kleider an, einige auch Röcke mit Blusen. Ich war das einzige Kind.

Na, das konnte ja heiter werden! Wahrscheinlich durfte

man hier vor lauter Vornehmheit nicht mal laut lachen. Und was, wenn ich aus Versehen meinen Orangensaft umkippte? Das passierte mir zu Hause ständig. Bestimmt würden mich alle anstarren wie einen Schwerverbrecher! Ich durfte gar nicht daran denken …

»Jetzt komm schon, Emma!« Oma betrat schwungvoll den Speisesaal. Ihr schienen all die vornehmen Leute überhaupt nichts auszumachen. Kein Wunder, sie war ja auch schon öfter in Hotels gewesen. Ich begann mich zu fragen, ob mir das Hotelleben wirklich so gut gefiel. In diesem Moment hätte ich lieber in meiner Jogginghose in unserer gemütlichen Küche gesessen und Gesas Grünkernauflauf gefuttert. Zu Hause musste ich zwar nach dem Essen beim Abräumen helfen, aber ich brauchte mich nicht schick zu machen, und es war nicht so schlimm, wenn ich mein Glas umschmiss. (Mama sah mich dann nur kopfschüttelnd an und seufzte: »Ach, Emma, nicht schon wieder!« Alle anderen reagierten inzwischen gar nicht mehr, weil ich einfach zu oft etwas umwarf.)

Als ich Oma in den Speisesaal folgen wollte, tauchte plötzlich der Junge von vorhin auf. Wie hieß er noch gleich? Felix, genau! Ich hätte ihn fast nicht wiedererkannt, weil er so anders aussah. Diesmal hatte er keine Handtücher dabei, und statt Jeans und T-Shirt trug er einen dunklen Anzug. Mit weißem Hemd und Krawatte. Kein Witz! Wie eine Miniaturausgabe der Kellner, die zwischen den Tischen hin und her liefen und den Leuten ihr Essen brachten. Wahrscheinlich war das die Kleidervorschrift für das Restaurant-Personal. Felix zwinkerte mir zu und hielt mir mit einer kleinen Verbeugung die Tür auf.

»Bitte sehr, die Dame!«, sagte er galant.

Ich musste kichern. »Vielen Dank! Du siehst richtig schick aus.« Der letzte Satz war mir einfach so rausgerutscht. Ich merkte, wie ich rot wurde. Wie peinlich!

»Du aber auch«, sagte Felix.

Jetzt wurde ich noch etwas röter. Und wie immer, wenn mir etwas peinlich ist, plapperte ich einfach drauflos. »Ich bin mit meiner Oma hier. Wir sind heute erst angekommen und bleiben eine Woche. Oma hat nämlich bei einem Preisausschreiben gewonnen. Der Urlaub hier ist der erste Preis. Toll, oder?«

Felix nickte beeindruckt. »Das ist wirklich toll.«

Mir fiel ein, dass ich mich noch gar nicht vorgestellt hatte. »Ich heiße übrigens Emma.«

»Und ich bin Felix.«

Dann wusste ich nicht mehr, was ich sagen sollte. Felix schien es ähnlich zu gehen.

»Äh – du musst jetzt bestimmt weiterarbeiten, oder?«, sagte ich schließlich.

Felix runzelte die Stirn. »Weiterarbeiten?«

»Genau! Oder trägst du das Ding etwa freiwillig?« Ich zeigte auf seinen Anzug und lachte.

Felix lachte auch, aber es klang ein bisschen gezwungen. »Quatsch, natürlich nicht.«

»Das dachte ich mir.« Ich grinste ihm zu. »Könntest du mir bitte einen Orangensaft bringen? Das wäre nett. Wir sitzen dahinten.« Ich zeigte auf den Tisch am Fenster, an dem Oma sich bereits niedergelassen hatte.

Felix kratzte sich am Kopf. »Einen Orangensaft? Das lässt sich machen, denke ich.«

Während ich zu unserem Tisch ging, dachte ich über Felix nach. So richtig professionell wirkte er als Kellner nicht. Aber das lag wahrscheinlich daran, dass er noch nicht so viel Übung hatte. Vermutlich wurde er nur als Hilfskellner eingesetzt, wenn viel los war.

»Wer war denn der höfliche junge Mann?«, erkundigte sich Oma, als ich mich zu ihr an den Tisch setzte.

»Er heißt Felix«, sagte ich. »Und er arbeitet hier.«

Oma runzelte die Stirn. »Ist er dazu nicht etwas zu jung?«

Ich zuckte mit den Schultern. Darüber hatte ich mir noch keine Gedanken gemacht. »Keine Ahnung. Vermutlich ist es ein Ferienjob. Warum fragst du ihn nicht selbst?«

Ich drehte mich um, aber Felix war verschwunden.

In diesem Moment kam ein anderer Kellner an unseren Tisch und brachte mir etwas zu trinken. »Einen Orangensaft für die junge Dame.« Mit einer leichten Verbeugung stellte er das Glas vor mich hin. Ich musste beinahe kichern. Dieses höfliche Getue hatte sich Felix schon ziemlich gut von seinen Kollegen abgeguckt. Bestimmt würde aus ihm mit der Zeit noch ein Eins-a-Kellner werden.

Oma hatte eine große Apfelschorle bestellt. Sie hob ihr Glas und prostete mir zu.

Ich griff nach meinem Saft (zum Glück, ohne ihn umzuwerfen). »Auf unseren Urlaub!«

»Und auf deine erste Urlaubsbekanntschaft«, fügte Oma mit einem Augenzwinkern hinzu.

Dann stießen wir an und tranken.

5. Kapitel

Frühschwimmen will gelernt sein

An meinem ersten richtigen Urlaubstag wachte ich früh auf. Draußen war es schon hell, aber Oma schnarchte noch. In den Ferien wache ich immer früh auf, dafür komme ich in der Schulzeit morgens nicht aus dem Bett. Kein Wunder, eine Doppelstunde Mathe ist nicht gerade ein guter Grund zum Aufstehen, finde ich. Ein morgendliches Bad im Meer dafür umso mehr. Und genau das hatte ich vor.

Ich sprang aus dem Bett, kramte meinen Badeanzug aus dem Schrank hervor und schlich auf Zehenspitzen hinaus, um Oma nicht zu wecken. Im Bad zog ich den Schlafanzug aus und schlüpfte in meinen nigelnagelneuen Badeanzug. Zufrieden betrachtete ich mich im Spiegel. Sah gar nicht so schlecht aus! Ich schnappte mir einen der beiden Bademäntel, die an der Tür hingen (schneeweiß natürlich, was sonst?), und zog ihn an. Er war kuschelig weich und roch lecker nach Waschmittel. Leise vor mich hin summend verließ ich die Suite und machte mich auf den Weg zum Strand.

Draußen hing feiner Nebel in der Luft, und der Himmel war so weiß wie mein Bademantel. Aber es war nicht besonders kalt, und ich freute mich schon auf das Meer. Schwimmen gehört zu meinen absoluten Lieblingsbeschäftigungen. Es ist einfach das Größte, wie ein Fisch durchs Wasser zu gleiten. Beinahe schwerelos. Ich trainiere regelmäßig im Schwimmverein und habe auch schon bei vielen Wettkämpfen mitgemacht. Bruno, mein Trainer, sagt immer, wenn ich etwas mehr Ehrgeiz hätte, könnte ich es richtig weit bringen. Aber genau das ist mein Problem: der Ehrgeiz. Er fehlt mir irgendwie. Keine Ahnung, warum. Aber ganz ehrlich: Was habe ich davon, irgendein Wettschwimmen zu gewinnen? Diese hässlichen Medaillen, die man da bekommt, kann man doch in der Pfeife rauchen. Oder gleich aus dem Fenster werfen.

Darum sehe ich auch nicht ein, warum ich öfter als ein Mal die Woche trainieren soll. Seit Bastian aus dem Schwimmverein ausgetreten ist, macht mir das Training sowieso nicht mehr so viel Spaß. Eigentlich gehe ich nur noch aus alter Gewohnheit hin. Und weil Bruno so nett ist und ich ihn nicht enttäuschen will.

Bastian ist übrigens der Junge, mit dem ich mal zusammen war. Ziemlich lange sogar. Bis er mit mir Schluss gemacht hat. Und ich den schlimmsten Liebeskummer meines Lebens hatte. Aber ich habe es tatsächlich geschafft, mich zu entlieben. Und als Bastian unsere Trennung rückgängig machen wollte, habe ich Nein gesagt. Das hat er jetzt davon.

All dies und noch viel mehr ging mir durch den Kopf, während ich durch den Garten des Hotels marschierte und auf einen schmalen Pfad einbog, der direkt in die Dünen führte.

Die Dünen begannen gleich hinter dem Hotel. Rechts und links vom Weg wuchs langes Gras, das bei jedem Windstoß geheimnisvoll raschelte. Ich kam an einem verrosteten Fahrradständer vorbei, an einer grün gestrichenen Bank und an einem Schild, auf dem in großen Buchstaben stand:

DÜNENSCHUTZ! DAS BETRETEN DER DÜNEN IST VERBOTEN!

Es ging immer weiter bergauf. Und es roch immer stärker nach Salz und Meer.

Endlich war ich oben auf der Düne angekommen. Etwas außer Atem blieb ich stehen – und da sah ich es: das Meer! Blaugrau, mit weißen Schaumkronen breitete es sich vor mir aus, so weit das Auge reichte. Meer, Meer und noch mehr Meer.

»Wahnsinn!«, murmelte ich.

Ich weiß nicht, was ich erwartet hatte. Vermutlich gar nichts. Ich hatte mir einfach keine Gedanken darüber gemacht, wie es sein würde, zum ersten Mal das Meer zu sehen. Ich hatte zu viele andere Dinge im Kopf gehabt. Auf jeden Fall hatte ich mir das Meer nicht so groß vorgestellt. Nicht so blau und so gewaltig. Es war kaum zu glauben, dass es so etwas gab. Und dass ich zwölf Jahre lang keine Ahnung davon gehabt hatte.

Ein Gedanke schoss mir durch den Kopf: Wovon hast du sonst noch keine Ahnung, Emma Laurenz? Der Gedanke verwirrte mich ein bisschen. Eigentlich hatte ich immer gedacht, ich hätte jede Menge Ahnung. Nicht dass ich allwissend bin oder so was. Aber ich weiß, wie die Dinge laufen. Dachte ich. Doch plötzlich hatte ich das Gefühl, eine richtig dumme Nuss zu sein. Jemand, der sich in der Welt nicht auskennt. Eine Landpomeranze, wie Oma sagen würde. (Fragt mich jetzt bitte nicht, was eine Pomeranze ist. Keine Ahnung! Aber ich finde, der Ausdruck passt irgendwie.)

Na ja, genau genommen war ich ja auch eine Landpomeranze. Schließlich lebte ich in einem winzigen Dorf, aus dem ich noch nie herausgekommen war. Höchste Zeit, das zu ändern. Und endlich damit anzufangen, die Welt zu erobern. Und das Meer.

Ich zog den Bademantel aus, ließ ihn oben auf der Düne liegen und rannte laut johlend zum Strand hinunter. Zum Glück war außer mir niemand da, der mich hören konnte. Die Strandkörbe waren verlassen, vermutlich lagen alle Urlauber noch in ihren Betten und schliefen. Aber die Möwen waren schon wach. Sie kreisten über dem Strand und kreischten fast so laut wie ich. Der Wind pfiff durch meine Haare, aber ich fror nicht. Vor lauter Glück war mir ganz warm. Das änderte sich allerdings schlagartig, als ich das Wasser erreicht hatte und mich mit Schwung in die Brandung warf.

Das Meer war so kalt, dass mir im ersten Moment glatt die Luft wegblieb. Japsend kam ich wieder nach oben. Sofort wurde ich von einer Welle überrollt und schluckte jede Menge Salzwasser. Es schmeckte scheußlich. Ich spuckte und hustete, dann kraulte ich ein Stück am Strand entlang, um warm zu werden. Nach einer Weile gewöhnte sich mein Körper an die Kälte. Das Schwimmen begann richtig Spaß zu machen. Auch wenn es etwas völlig anderes ist, im Meer zu schwimmen, als in einem gut geheizten Schwimmbad. Die Wellen warfen mich immer wieder aus der Bahn, aber das machte die Sache gerade spannend. Trotzdem achtete ich darauf, parallel zum Strand zu schwimmen, damit ich nicht zu weit abtrieb.

Bald war mir überhaupt nicht mehr kalt. Dafür wurden meine Arme und Beine allmählich lahm. Ich schwamm zurück zum Strand und ließ mich in der Brandung treiben. Der Nebel hatte sich aufgelöst. Durch die Wolken schoben sich vereinzelte Sonnenstrahlen. Wo sie auf das graublaue Wasser trafen, glitzerte es wie eine wogende Decke aus Diamanten. Das sah richtig toll aus.

Plötzlich tauchte ein Kopf neben mir auf. Nasse blonde Haare, eine Stupsnase und viele Sommersprossen. Felix! Vor Schreck vergaß ich glatt, den Mund zuzumachen, schluckte die nächste Ladung Salzwasser und musste fürchterlich husten. Felix schlug mir hilfsbereit auf den Rücken, bis ich wieder Luft bekam.

»Was … machst … du denn hier?«, krächzte ich, nachdem ich zu Ende gehustet hatte.

»Schwimmen, was sonst?« Felix grinste. »Das Meer gehört schließlich nicht dir allein.«

»Musst du gar nicht arbeiten?«

Felix schüttelte den Kopf. »Nein. Ehrlich gesagt …«

»Ach, ich weiß schon!«, unterbrach ich ihn. »Du fängst heute bestimmt später an, weil du gestern beim Abendessen gekellnert hast, richtig?«

»Hör mal, ich glaube, du hast da was falsch verstanden …«, begann Felix, aber ich schüttelte energisch den Kopf.

»Glaub bloß nicht, du müsstest dich entschuldigen, weil du im Hotel jobbst«, stellte ich klar. »Ich bin nicht so eine eingebildete Kuh, die die Angestellten wie Fußabtreter behandelt.«

»Nicht?«, fragte Felix.

»Nein.« Ich strich mir eine feuchte Haarsträhne aus der Stirn. »Ich finde all diese reichen Schnösel zum Kotzen.« Ich wurde rot, als ich Felix' betretenes Gesicht sah. »Ist doch wahr! Und weißt du, was ich am allerschlimmsten finde?«

Felix schüttelte den Kopf.

»Die Kinder von reichen Schnöseln.« Ich zog eine Grimasse. »Die denken doch, sie können sich alles kaufen. Und sind meistens furchtbar langweilig und eingebildet.«

Felix sank immer tiefer ins Wasser. »Na ja, aber einige sind vielleicht trotzdem ganz nett. Sie können schließlich nichts dafür, dass ihre Eltern reich sind, oder?«

»Ausnahmen bestätigen die Regel«, behauptete ich, weil ich nicht zugeben wollte, dass ich eigentlich kein einziges reiches Kind kannte. »Auf jeden Fall finde ich es toll, dass du in den Ferien arbeitest. Du hast doch einen Ferienjob im Hotel, oder?«

Felix zögerte kurz, dann nickte er.

»Und wenn du nicht gerade jobbst, gehst du zur Schule?«, wollte ich wissen.

Er nickte wieder.

»Wo denn? Hier im Ort?«

Felix schüttelte den Kopf. »Nein, ganz woanders.«

Ehe ich weiterfragen konnte, begannen meine Zähne so heftig zu klappern, dass es sogar das Rauschen der Brandung übertönte.

Lektion Nr. 1 für Frühschwimmer: *Nie zu lange ohne Bewegung im Wasser bleiben. Sonst erstarrst du im Handumdrehen zu Eis!*

»Du solltest dich bewegen«, sagte Felix. »Sonst erstarrst du ganz schnell zu Eis.«

»Haha, sehr witzig«, quetschte ich zwischen zusammengebissenen Zähnen hervor. Konnte Felix etwa Gedanken lesen? Vielleicht gehörte das ja zum ABC für Kellner. Damit sie den Gästen die Wünsche von den Augen ablesen konnten ...

»Wie wär's mit einem Wettschwimmen?«, schlug Felix vor. »Davon wird dir garantiert wieder warm. Bis zu der Boje dahinten?« Er zeigte auf eine rote Boje, die in einiger Entfernung wie ein riesiges Radieschen auf dem Wasser dümpelte.

»Okay«, sagte ich. »Auf geht's!«

Ich legte einen Blitzstart hin und schwamm los. Obwohl ich von der ersten Runde noch etwas müde war, gab ich alles. Ohne mich nach Felix umzusehen, kraulte ich durch die Wellen, bis die Boje direkt vor mir war. Dann steigerte ich das Tempo noch einmal und erreichte das Ziel mit ungefähr zwei Längen Vorsprung. Keuchend hielt ich mich an der Boje fest und wartete auf Felix. Er schwamm gar nicht schlecht, war aber nicht besonders schnell.

»Glückwunsch!« Ziemlich außer Atem klammerte er sich an die Boje und wischte sich das Wasser aus dem Gesicht. »Wenn ich gewusst hätte, dass du Profi-Schwimmerin bist, hätte ich mir das mit dem Wettschwimmen noch mal überlegt.«

Ich kicherte. »Jetzt übertreib mal nicht. Ich trainiere ein Mal die Woche im Schwimmverein, das ist alles.«

»Du bist echt gut«, stellte Felix fest.

Ich verzog das Gesicht. »Frag mal meinen Trainer, der sieht das anders. Er meint, mir fehlt der richtige Ehrgeiz.«

Felix zuckte mit den Schultern. »Mich hast du jedenfalls um Längen geschlagen.«

»Stimmt.« Ich grinste. »Das war aber auch nicht besonders schwer. Und was kriege ich jetzt dafür?«

Felix überlegte. »Wie wär's mit einem Eis?«

Ich zögerte kurz. Sollte das etwa eine Verabredung werden? Und wenn ja, wollte ich mich überhaupt mit Felix verabreden? Aber warum eigentlich nicht?

»Vorschlag angenommen«, sagte ich. In diesem Moment wehte der Wind das Läuten der Wattenbüller Kirchenglocken zu uns herüber.

Felix erstarrte. »Mist, so spät schon! Ich muss los, sonst komme ich zu spät zum ... zur Arbeit!« Er stieß sich von der Boje ab und schwamm im Eiltempo zum Strand.

»Man sieht sich!«, rief ich ihm hinterher.

Als er aus dem Wasser watete, winkte Felix mir noch einmal zu. Dann rannte er durch die Dünen davon.

6. Kapitel
Unerwarteter Besuch

»Wo hast du denn gesteckt, Emma? Ich dachte schon, du bist von Seeräubern entführt worden.« Oma saß bereits an unserem Tisch im Speisesaal, als ich zum Frühstück kam. Vorher war ich noch schnell in unserer Suite gewesen und hatte heiß geduscht. Jetzt fühlte ich mich so frisch wie der Sommermorgen vor dem Fenster.

»Ich war schwimmen«, sagte ich und nahm Platz.

»Brrr!« Oma schüttelte sich. »Ist das Wasser nicht viel zu kalt?«

»Geht so.« Ich trank einen Schluck von dem Orangensaft, den Oma mir hingestellt hatte. »Beim Schwimmen wird einem warm.«

Ich überlegte kurz, ob ich Oma von der Begegnung mit Felix erzählen sollte, ließ es aber lieber bleiben. Nachher kam Oma noch auf falsche Gedanken. Schließlich hatten wir uns rein zufällig getroffen, und alles war ganz harmlos gewesen. Harmlos, aber nett. Sehr nett sogar. Felix war ein witziger Typ. Überhaupt kein Angeber. Und kein bisschen eingebildet. Ob er das mit dem Eisessen ernst gemeint hatte? Oder hatte er das nur so dahingesagt? Richtig verabredet hatten wir uns ja nicht mehr, weil er so plötzlich verschwunden war. Ob er noch rechtzeitig zur Arbeit gekommen war?

Ich sah mich verstohlen um, konnte Felix aber nirgendwo entdecken. Doch das musste ja nichts heißen. Wahrscheinlich war er heute Vormittag irgendwo anders eingesetzt worden. Vielleicht machte er gerade die Betten. Oder er brachte den Leuten mal wieder frische Handtücher.

»Emma, hörst du mir überhaupt zu?« Omas Stimme riss mich aus meinen Gedanken.

»Hä?« Ich blinzelte verwirrt.

»Ich hab dich gerade gefragt, ob du gar nichts essen willst«, wiederholte Oma. »Das Frühstücksbüfett ist wirklich toll. Du musst doch einen riesigen Hunger haben nach dem Schwimmen.«

»Stimmt.« Erst jetzt merkte ich, dass mein Magen heftig knurrte. »Bin gleich wieder da.« Ich ging zum Büfett und verschaffte mir einen ersten Überblick. Oma hatte recht, die Auswahl war wirklich sensationell. Ich nahm mir einen großen Teller und belud ihn randvoll mit Rührei, gebratenem Speck, kleinen Würstchen, Lachs, zwei Scheiben Käse, zwei Scheiben Salami, einem Klecks Kräuterquark, einem Stück Butter und ein paar Weintrauben. Dann schnappte ich mir zwei Brötchen und balancierte den Teller zurück zu unserem Tisch.

Oma grinste. »Guten Appetit!«

»Danke, den hab ich.« Und das war die reine Wahrheit. Ob ihr's glaubt oder nicht, ich futterte den ganzen Teller ratzekahl leer. Und aß hinterher sogar noch eine Portion Quark mit Früchten zum Nachtisch.

»Das Frühstück ist wirklich super«, stellte ich fest, als ich fertig war. Ich schob meinen Teller weg und wischte mir mit meiner Serviette den Mund ab. »Schade, dass Klaus nicht hier ist. Das wäre genau das Richtige für ihn.«

Klaus ist ein richtiger Fresssack. Von Gesas Bio-Küche hält er gar nichts. Er isst lieber so eklige Sachen wie Rollmöpse, Sardinen aus der Dose oder kalte Ravioli. Und am allerliebsten mag er Fleisch. Von den kleinen Bratwürstchen und dem Rührei mit Speck wäre er bestimmt begeistert gewesen.

»Tja, Klaus müsste inzwischen mit Nadine auf dem Weg nach Dänemark sein«, sagte Oma. »Da gibt's bestimmt nicht so ein leckeres Frühstücksbüfett.«

Ich zuckte mit den Schultern. »Selbst schuld. Er hätte ja auch mit uns mitfahren können.«

Der Speisesaal hatte sich inzwischen geleert. Wir waren beinahe die letzten Frühstücksgäste. Und Felix war immer noch nicht aufgetaucht. Schon wieder Felix! Vielleicht sollte ich lieber aufhören, so viel an ihn zu denken. Das brachte nur Ärger. Und ich wollte keinen Stress, sondern einen schönen Urlaub. Außerdem hatte ich mir nach der Sache mit Bastian vorgenommen, erst mal die Finger von den Jungs zu lassen. Dieser blöde Liebeskummer hatte mich ganz schön fertiggemacht. Darum brauchte ich jetzt dringend eine Pause.

»Was hältst du von einem Tag am Strand?«, schlug Oma vor. Sie zeigte nach draußen. »Das Wetter scheint sich zu mausern.«

Oma hatte recht. Der Nebel war endgültig verschwunden, und die Vormittagssonne schien durch die kleinen Sprossenfenster herein. Es sah nach einem richtig schönen Tag aus.

»Gute Idee!« Ich sprang auf. »Ich muss nur noch schnell meine Strandsachen packen.«

Eine Viertelstunde später brachen wir auf. Ich zeigte Oma den Pfad, der durch die Dünen zum Strand führte. Ich hatte meinen Rucksack dabei, mit ein paar Comics, Sonnencreme, meinem Sonnenhut, meiner Sonnenbrille, einem Beachball-Spiel, das ich mir von Mona ausgeliehen hatte, und dem restlichen Reiseproviant (Müsliriegel, eine Packung Vollkornkekse und Käsecracker). Oma trug eine große Tasche mit unseren Badelaken.

Am Strand war inzwischen eine Menge los. Oma mietete für uns den Strandkorb mit der Nummer 366. Wir irrten eine Weile durch den weichen Sand, bis wir ihn gefunden hatten. Es war ein hübscher blauer Strandkorb, der etwas abseits von den anderen in der Nähe der Dünen stand.

Oma ließ sich ächzend in den Strandkorb sinken und streifte sich die Schuhe von den Füßen. »Ich glaube, ich muss erst mal ein kleines Vormittagsschläfchen halten, Emma-Kind. Das Frühstück hat mich ganz schön müde gemacht.«

Sie zog einen kleinen Schemel unter dem Strandkorb hervor, legte ihre Füße darauf und schloss die Augen. Ein paar Sekunden später schnarchte sie leise vor sich hin. Wieso müssen Erwachsene eigentlich ständig schlafen? Egal ob vormittags, mittags oder nachmittags, andauernd sind sie müde und brauchen Ruhe. Aber vielleicht ist das einfach so, wenn man älter wird. Außerdem sollte Oma sich ja schonen, darum ließ ich sie schlafen, obwohl ich nun keinen hatte, mit dem ich Beachball spielen konnte.

Trotzdem wurde es ein richtig schöner Strandtag. Solange Oma schlief, lief ich ein bisschen am Meer entlang, suchte Muscheln und grub im Sand nach Krebsen und

Würmern (ohne welche zu finden). Später setzte ich mich in den Strandkorb, knabberte Käsecracker und blätterte in meinen Comics, während Oma neben mir ihre geliebten Kreuzworträtsel löste.

»Vielleicht gewinne ich ja gleich den nächsten Urlaub.« Sie tippte auf ein Foto in der Rätselzeitschrift. »Zehn Tage Ägypten, das wäre doch was, oder?«

»Ich bin auf jeden Fall dabei«, sagte ich, während ich etwas neidisch zwei Jungs beobachtete, die in der Brandung Beachball spielten. Einer warf sich gerade lang in den feuchten Sand, doch der Ball flog trotzdem an ihm vorbei. Sein Freund lachte sich schief. Es sah aus, als hätten sie eine Menge Spaß. »Wollen wir auch eine Runde Beachball spielen, Oma?«, fragte ich.

Oma warf einen Blick zu den Jungs hinüber. »Für solche sportlichen Aktivitäten bin ich leider zu alt, Emma-Kind. Frag doch die beiden, ob du mitspielen darfst.«

Ich schüttelte heftig den Kopf »Spinnst du? Das geht doch nicht!«

»Warum denn nicht?«

»Nachher denken die noch, ich will was von ihnen.« Ich setzte meine Sonnenbrille auf und versteckte mich hinter dem Comicheft. »Außerdem kann man Beachball sowieso nur zu zweit spielen.«

Trotzdem wurmte es mich ein bisschen, dass ich die ganze Zeit alleine war. Natürlich war Oma auch noch da, aber unter siebzig kannte ich hier niemanden. Niemanden, mit dem ich Beachball spielen, im Wasser herumtoben, Eis essen gehen oder ein Wettschwimmen veranstalten konnte.

Na ja, genau genommen kannte ich schon jemanden.

Sein Name fing mit F an und hörte mit x auf. Aber Felix tauchte leider nicht am Strand auf. Arbeitete er etwa den ganzen Tag? Hatte er denn nie frei? Vielleicht sollte ich mal mit seinem Chef reden. Das war doch Ausbeutung! Andererseits ging mich das natürlich gar nichts an.

Ich beschloss, mir ENDGÜLTIG keine Gedanken mehr um Felix zu machen, und ging baden.

Der nächste Tag verlief so ähnlich wie der erste. Abgesehen davon, dass ich das Frühschwimmen verschlief, weil ich abends noch so lange ferngesehen hatte. Dieser große Fernseher war wirklich eine Wucht. Außerdem durfte ich zu Hause nie so lange gucken, wie ich wollte. Gut, dass Mama nichts davon wusste. Sie wäre bestimmt nicht begeistert gewesen …

Nach einem ausgiebigen Frühstück marschierten Oma und ich wieder zu unserem Strandkorb. Das Wetter war super. Die Sonne schien, und es wurde richtig warm. Oma hielt ihr Vormittagsschläfchen, danach gingen wir in einer Strandbar Eis essen. Die restliche Zeit verbrachte ich mit Lesen, Schwimmen und Tauchen. Es war alles genau so, wie ich es mir vorgestellt hatte. Sommer, Sonne, Strand, Meeresrauschen …

Trotzdem fühlte ich mich ein bisschen einsam. Ich dachte an Klara, die jetzt mit ihrer Familie auf Mallorca war. Ob sie auch gerade am Strand saß und sich langweilte?

Als Oma mittags vorschlug, ins Hotel zurückzukehren, hatte ich nichts dagegen. Oma wollte sich hinlegen, aber dazu hatte ich keine Lust. Ich beschloss, noch etwas durch die Gegend zu laufen. Insgeheim hoffte ich, dabei rein zufällig Felix zu begegnen, um ein bisschen mit ihm quatschen zu können.

Ich begann mit einer Runde durch die Eingangshalle. Aber dort war Felix nicht, das sah ich auf den ersten Blick. Hinter dem Empfangstresen stand eine Angestellte und sprach mit zwei neuen Gästen, die offenbar gerade angekommen waren. Ich blieb wie angewurzelt neben der Palme stehen, die in einem großen Kübel den Eingangsbereich verzierte. Die Gäste drehten mir den Rücken zu, aber sie kamen mir trotzdem ziemlich bekannt vor. Hatte ich etwa Halluzinationen? Nein, diese hässlichen Gesundheitslatschen waren hundertprozentig echt. So etwas würde mein Unterbewusstsein nie im Leben produzieren.

»Mona?«, fragte ich ungläubig.

Das Mädchen drehte sich um. Es war tatsächlich Mona! Mit zerzausten Haaren, hochrotem Gesicht und ihren Lieblings-Gesundheitslatschen an den nackten Füßen. Neben ihr stand Tim und grinste von einem Ohr zum anderen.

»Überraschung!«, rief Mona fröhlich. »Na, was sagst du jetzt?«

Ich sagte erst mal gar nichts. Stattdessen starrte ich die beiden an wie das achte Weltwunder. Schließlich öffnete ich den Mund und stotterte: »W…w…wo kommt ihr denn auf einmal her?«

»Aus Tupfingen natürlich!«, sagte Mona. »Woher sonst?«

»Aber … was ist mit Daniel?«, fragte ich. »Und deinem Schachturnier, Tim?«

»Das Turnier ist schon vorbei«, erklärte Mona, die Tim gar nicht zu Wort kommen ließ. »Es hat am Wochenende stattgefunden. Und Tim hat natürlich haushoch gewonnen.«

»Ehrlich?« Ich zog beide Augenbrauen hoch und sah meinen Bruder fragend an.

Tim machte ein bescheidenes Gesicht. »Na ja, haushoch vielleicht nicht gerade. Aber gewonnen schon. Ich hab den ersten Platz gemacht.«

»Herzlichen Glückwunsch!« Ich grinste ihm zu. »Ich wusste ja schon immer, dass du ein Genie bist.«

»Und nach dem Turnier habe ich Tim überredet, mit mir hierherzufahren«, erzählte Mona stolz. »War gar nicht so leicht, ihn von seinem Computer wegzulocken. Aber ich hatte keine Lust, mich alleine in den Zug zu setzen.«

»Und was sagt Daniel dazu?«, fragte ich. »Ihr habt euch doch nicht etwa gestritten, oder?«

Mona schüttelte den Kopf. »Daniel ist mit Markus weggefahren. Zu einem Rock-Festival irgendwo auf dem Land.«

Ich runzelte die Stirn. »Daniel und Markus? Jetzt versteh ich gar nichts mehr! Ich dachte, die beiden haben Streit.«

»Hatten sie auch«, sagte Mona. »Aber dann hat Markus bei Daniel angerufen und ihn gefragt, ob sie zusammen zu dem Festival fahren wollen. Da spielt ihre absolute Lieblingsband. Frag mich jetzt nicht, wie die heißt. Ich kenn mich da nicht so aus.«

Ich grinste. »Hätte mich auch sehr gewundert, wenn du plötzlich Heavy-Metall-Fan geworden wärst.«

»Jedenfalls war Daniel froh, endlich mal wieder von Markus zu hören«, erzählte Mona weiter. »Ich find's auch richtig gut, dass Markus den ersten Schritt gemacht hat. Hätte ich ihm gar nicht zugetraut. Darum habe ich Daniel auch geraten, auf jeden Fall zuzusagen. Erst wollte er nicht, weil wir ja ausgemacht hatten, die Ferien gemeinsam zu verbringen.«

»Und jetzt ist er doch gefahren?«

Mona nickte. »Hoffentlich vertragen sich Daniel und Markus unterwegs wieder.«

Ich grinste. »Du bist einfach zu gut für diese Welt. Ich an deiner Stelle wäre froh, wenn Daniel nichts mehr mit diesem idiotischen Markus zu tun hat.«

»Und was ist mit der Band?«, fragte Mona. »Sie ist total wichtig für Daniel. Außerdem gibt es beste Freunde nicht wie Sand am Meer. Das weiß ich am allerbesten.«

Wie ich schon sagte: Mona ist einfach zu gut für diese Welt. Sie hat für alles und jeden Verständnis und ist immer nett. Na ja, fast immer. Bei mir ist das anders. Ich werde schnell wütend, und dann bin ich kein bisschen nett.

»Auf jeden Fall ist es super, dass ihr da seid!« Ich lächelte Mona und Tim zu. »Ich hab mich schon fast ein bisschen gelangweilt. Kommt mit, ich zeig euch unser Zimmer. Eigentlich ist es gar kein Zimmer, sondern eine Suite. Oma wird Augen machen, wenn sie euch sieht!«

»Soll ich die zweite Suite vorbereiten lassen?«, wollte die Frau hinter dem Empfangstresen wissen.

»Geht das denn?«, fragte ich etwas verunsichert.

Die Frau tippte etwas in ihren Computer und sah auf den Bildschirm. »Nummer 14 ist noch frei. Das ist direkt neben der Suite, die du mit deiner Großmutter bewohnst. Die könnte ich für die Herrschaften buchen.«

Ich brauchte einen Moment, um zu kapieren, dass mit den »Herrschaften« Mona und Tim gemeint waren. »Das wäre toll.« Ich zögerte kurz, dann fragte ich: »Aber ist das nicht furchtbar teuer?«

»Überhaupt nicht.« Die Frau lächelte. »Das ist alles inklusive. Deine Oma hat schließlich eine Reise für vier Personen gewonnen. Darum hatten wir auch zwei Suiten für sie vorgesehen.«

»Ehrlich?« Ich grinste erleichtert. »Super! Dann nehmen wir die Suite!«

Omas Mittagsschlaf fiel an diesem Tag aus. Sie sprang sofort vom Sofa auf, als ich mit Mona und Tim hereinkam, und umarmte die beiden. Dann mussten sie noch einmal ausführlich erzählen, wie sie hergekommen waren.

»Und zu Hause ist alles in Ordnung?«, erkundigte sich Oma.

Mona nickte. »Mama und Lia sind rund um die Uhr mit der Planung der Wellness-Woche beschäftigt. Leider haben sich noch nicht so viele Leute angemeldet.«

»Das wird schon«, sagte Oma zuversichtlich. »Ich freue mich jedenfalls sehr, dass wir jetzt zu viert Urlaub machen.«

Nach einigem Hin und Her wurde beschlossen, dass Tim zu Oma ziehen sollte und Mona und ich die Nachbarsuite nehmen würden. Und so machten wir es dann auch. Kaum hatte das Zimmermädchen geklopft und uns Bescheid gesagt, dass die Zimmer fertig waren, stürmten Mona und ich hinüber. Unsere Suite sah fast genauso aus wie Omas. Nur dass das Sofa nicht blau, sondern rot war.

Und statt Teppichboden hatten wir glänzendes, honiggelbes Parkett.

Mona räumte ihren Koffer aus, und ich holte meine Sachen rüber. Tim richtete sich währenddessen bei Oma ein. Er zog stapelweise Bücher aus seiner Reisetasche und stellte sie ordentlich ins Regal. Ich überflog die Titel und verzog das Gesicht. Es war furchtbar langweiliger Kram: *Elemente der Mathematik*, *Biochemie 1*, *Technische Mechanik 2* …

»Du hast ja lauter Schulbücher dabei«, sagte ich angewidert.

Tim nickte. »Eigentlich sind es eher Fachbücher. Ich wollte mich ein bisschen auf das nächste Schuljahr vorbereiten.«

Ich runzelte die Stirn. »Wieso denn? Du bist doch sowieso super in der Schule. Wenn hier jemand in den Ferien Mathe und Physik büffeln müsste, dann bin ich das.«

Tim grinste. »Du kannst dir gerne was leihen.«

Ich schüttelte den Kopf. »Bloß nicht! Das hat mir gerade noch gefehlt.«

Allmählich machte ich mir ernsthafte Sorgen um Tim. Er war schon immer stiller und zurückhaltender gewesen als ich. Und besser in der Schule sowieso. Aber inzwischen kam er zu Hause kaum noch aus seinem Zimmer. Hockte nur vor dem Computer oder über seinem Schachbrett. Und dass er in den Ferien Fachbücher las, war auch neu. Eigentlich machte er sich nicht viel aus guten Noten. Er bekam sie einfach, so wie andere Leute Durchfall oder Pickel. Außerdem war er doch schon Klassenbester. Was wollte er denn noch? Aber einen Lichtblick gab es:

Immerhin war er mit Mona hierhergefahren. Vielleicht konnte ich ihn im Urlaub ja ein bisschen ablenken, bevor aus meinem Bruder ein total merkwürdiger Kauz wurde, der nie das Sonnenlicht sah …

»Ach, Emma, das hätte ich fast vergessen.« Oma nahm einen zusammengefalteten Zettel vom Tisch. »Der ist für dich. Er lag auf dem Fußboden, als ich vorhin reinkam. Jemand muss ihn unter der Tür hindurchgeschoben haben.«

»Für mich?« Erstaunt nahm ich den Zettel in die Hand. Tatsächlich: Auf der Vorderseite stand in kleinen, zierlichen Buchstaben *Emma*. Mit klopfendem Herzen faltete ich den Brief auseinander und las:

Liebe Emma,

ich schulde Dir noch ein Eis. Du dachtest bestimmt, ich hätte das vergessen, oder? Aber keine Sorge, ich begleiche immer meine Schulden! Wie wär's heute Nachmittag um drei? Ich warte vor dem Gästehaus auf Dich.

Viele Grüße,
Felix

Ich ließ den Zettel sinken. »Wie spät ist es?«

Oma sah auf ihre Armbanduhr. »Fünf nach drei.«

»Mist!« Ich stopfte den Brief in die Hosentasche. »Ich muss los, bin verabredet. Bis später!«

Ehe Oma oder Tim noch etwas sagen konnten, sauste ich los. Mein Herz klopfte so laut wie ein Dampfhammer. Ob Felix noch da war? Hoffentlich wartete er auf mich! Im

Flur des Gästehauses blieb ich kurz stehen und warf einen Blick in den großen Spiegel, der zwischen zwei Zimmertüren hing. Ich hatte mich nach dem Vormittag am Strand weder geduscht noch umgezogen. Dafür war einfach keine Zeit gewesen. Meine Haare standen strubbelig vom Kopf ab, aus meiner abgeschnitten Jeans rieselte der Sand, und auf der Nase hatte ich einen leichten Sonnenbrand. Spitze! Das perfekte Aussehen für ein Date.

Moment mal – Date? So ein Quatsch! Felix wollte mir ein Eis ausgeben, weil er beim Wettschwimmen verloren hatte. Das war's auch schon. Eine völlig harmlose Verabredung. Genau genommen trafen wir uns nur, weil er ein lausiger Schwimmer war.

Also hör auf, dich verrückt zu machen, Emma. Felix hat sich bestimmt auch nicht extra umgezogen. Beeil dich lieber ein bisschen, sonst ist er weg und du kannst dein Eis allein essen!

Ich zog ein Gummiband aus meiner Hosentasche, machte mir schnell einen Pferdeschwanz und schüttelte ein paar Sandkörner aus meiner Jeans. Dabei fiel mir auf, dass auch meine Füße, die in uralten, schwarzen Flipflops steckten, total sandig waren. Und auf meinem T-Shirt leuchtete ein roter Marmeladenfleck vom Frühstück. Egal! Das ließ sich jetzt nicht mehr ändern.

Ich straffte die Schultern und trat in die warme Nachmittagssonne hinaus.

7. Kapitel

Eine völlig harmlose Verabredung

»Da bist du ja!« Felix sprang von der Bank auf, die neben dem Eingang des Gästehauses stand. »Ich dachte schon, du kommst nicht mehr.«

»Tut mir leid«, entschuldigte ich mich. »Ich hab deinen Zettel gerade erst gefunden. Oma und ich waren den ganzen Vormittag am Strand. Super, dass du mir ein Eis ausgibst!«

»Wettschulden sind Ehrenschulden.« Felix grinste. »Das sagt mein Vater immer.«

Schnell musterte ich Felix von oben bis unten. Er trug khakifarbene Bermudashorts und ein weißes, kurzärmeliges Hemd, das er lässig über der Hose trug. Seine blonden Haare waren noch feucht und kräuselten sich im Nacken. Offenbar hatte er gerade geduscht. (Jedenfalls duftete er ganz leicht nach Zitronenshampoo). Seine nackten Füße steckten in schneeweißen Segler-Turnschuhen (die Sorte, die ich mir nie kaufen würde, weil sie nach einem Tag hundertprozentig schon nicht mehr weiß, sondern grau wären). Alles in allem sah er aus wie aus dem Ei gepellt, sodass ich mich neben ihm noch schmuddeliger fühlte. Meine Haut juckte vom Meersalz, und auf meinem Kopf prickelte der Sand. Ich kratzte mich unauffällig.

»Wollen wir los?«, fragte Felix.

Ich nickte, und wir liefen durch den Hotelgarten.

»Wohin gehen wir eigentlich?«, wollte ich wissen.

»Zur besten Eisdiele von ganz Wattenbüll. Vertrau mir!«

Felix bog in die Dorfstraße ein, und wir schlenderten in Richtung Hafen. Bei dem schönen Wetter war jede Menge los. Familien mit kleinen Kindern, Jugendliche mit riesigen Sonnenbrillen, alte Leute mit Gehhilfen und verliebte Pärchen tummelten sich auf dem Gehweg. Eine leichte Brise wehte vom Meer herüber, und über uns kreisten die Möwen. Ich ärgerte mich, dass ich meine Sonnenbrille vergessen hatte. Damit hätte ich zumindest ein bisschen cooler ausgesehen. Das nächste Date musste ich unbedingt besser planen.

HALT, STOPP! Das hier war ja gar kein Date. Also brauchte ich mich auch nicht über eine vergessene Sonnenbrille zu ärgern, oder?

»Was sagen denn deine Eltern zu deinem Job im Hotel?«, fragte ich, um mich von dem Gedankenchaos in meinem Kopf abzulenken. »Finden sie es gut, dass du in den Ferien arbeitest?«

Felix zuckte mit den Schultern und wurde ein bisschen rot. »Na ja … sie haben zumindest nichts dagegen. Mein Vater arbeitet selbst rund um die Uhr, sogar im Urlaub. Er kümmert sich nicht besonders darum, was ich mache. Und meine Mutter ist auch viel unterwegs.«

»Deine Eltern sind beide berufstätig?«

Felix nickte. »Manchmal ist das gar nicht schlecht, dann hab ich wenigstens meine Ruhe.« Er grinste schief. Richtig glücklich sah er dabei allerdings nicht aus.

Wir kamen zum Kurplatz, wo ein Orchester auf einer kleinen Bühne klassische Musik spielte. Davor saßen Urlauber auf Holzbänken und lauschten andächtig. Ein paar Kinder hatten sich an den Händen gefasst und tanzten kichernd direkt vor der Bühne im Kreis herum. Ich blieb stehen und sah ihnen zu. Am liebsten hätte ich mitgetanzt. Von der Musik bekam man sofort gute Laune.

»Vivaldi«, sagte Felix. »*Die vier Jahreszeiten*. Das ist der Frühling.«

»Aha.« Ich hatte keine Ahnung, wer Vivaldi war, aber das behielt ich lieber für mich. »Gefällt mir.«

Wir hörten schweigend zu, bis das Stück zu Ende war. Die Leute applaudierten, und wir klatschten mit. Dann gingen wir weiter.

»Was machen deine Eltern denn beruflich?«, erkundigte ich mich.

Felix' Gesicht lief schon wieder rot an. »Ach, nichts Besonderes«, murmelte er ausweichend. »Mein Vater ist Geschäftsmann. Und meine Mutter Künstlerin.«

Den letzten Satz sagte er so leise, dass ich ihn kaum verstand. Offenbar war ihm das Thema unangenehm. Wahrscheinlich verdienten seine Eltern nicht besonders viel. Sonst hätte sich Felix schließlich keinen Job suchen müssen. Geschäftsmann konnte ja so ziemlich alles heißen. Vielleicht hatte sein Vater einen Kiosk. Oder einen Pizzaservice. Das würde auch erklären, wieso er keinen Urlaub machen konnte. Und dass man als Künstler nicht reich wurde, wusste ich selbst am besten. Rudi beschwerte sich ständig darüber, dass er für seine Illustrationen zu wenig Geld bekam. Aber von den richtigen Bildern, die er früher gemalt hatte, konnte er noch weniger leben. Dabei waren sie echt schön. Ein paar standen noch bei uns in der

Scheune und verschwanden allmählich unter einer immer dicker werdenden Staubschicht.

»Mein Vater ist auch Künstler«, erzählte ich, damit Felix merkte, dass ihm das nicht peinlich sein musste.

»Ehrlich?« Felix warf mir einen interessierten Seitenblick zu. »Was macht er denn so?«

»Er malt.« Meine Kopfhaut begann schon wieder zu jucken. Ich versuchte, nicht daran zu denken. »Also, eigentlich illustriert er mehr. Das mit dem Malen lief nicht so gut. Jetzt macht er Bilder für Schulbücher, Kochbücher, Kinderbücher und all so was.«

»Cool!« Felix klang ehrlich beeindruckt.

Ich zuckte mit den Schultern. »Na ja, geht so. Er muss ziemlich viel arbeiten, um genug zu verdienen.«

»Geld ist nicht alles«, stellte Felix fest. »Verstehst du dich gut mit deinem Vater?«

Ich überlegte kurz. »Ja, eigentlich schon. Aber in letzter Zeit unternehmen wir nicht mehr so viel zusammen wie früher. Vor einem Jahr haben sich meine Eltern getrennt. Rudi ist ausgezogen. Er lebt jetzt in einer WG in Dederstadt, aber ich kann ihn besuchen, so oft ich will. Und seit Lilis Geburt ist er auch wieder öfter bei uns in Tupfingen. Allerdings nur, wenn der blöde Thomas nicht da ist. Papa kann Thomas nämlich nicht leiden …«

»Moment mal!«, unterbrach mich Felix. »Ich verstehe kein Wort. Wer sind Lili und Thomas? Und warum kann dein Vater diesen Thomas nicht leiden?«

»Das ist alles ein bisschen kompliziert.« Ich grinste entschuldigend. »Meine Familie ist leider ziemlich chaotisch.«

»Besser chaotisch als langweilig.« Felix blieb stehen. »Wir sind übrigens da.«

Wir standen direkt am Hafen vor einem kleinen, windschiefen Schuppen. Er befand sich zwischen dem Gebäude einer Reederei und einer Lagerhalle. Auf dem selbst gemalten Schild über der Tür stand in krakeligen Buchstaben *Tammos Eisdiele*. Draußen befanden sich drei Holztische, von denen der Lack abblätterte, unter einem großen hellblauen Sonnenschirm mit weißen Fransen. Die Tür war offen, und aus dem Inneren des Schuppens drang Schlagermusik. Diesmal erkannte ich die Melodie.

»*Aber bitte mit Sahne*«, stellte ich fest. »Von Udo Jürgens.«

»Ehrlich?« Felix zuckte mit den Schultern. »Kenn ich nicht.«

»Meine Oma hört immer Udo Jürgens«, sagte ich schnell, weil mir die Sache etwas peinlich war.

»Setz dich doch, ich hol uns ein Eis«, schlug Felix vor. »Was möchtest du?«

»Erdbeere«, sagte ich wie aus der Pistole geschossen. »Ich liebe Erdbeereis.«

Felix nickte. »Prima. Bin gleich wieder da. Und dann erzählst du mir alles von deiner Chaos-Familie.«

Ich nahm an einem der Tische Platz. Der Stuhl war ziemlich wackelig, aber er hielt. Ich sah zum Hafenbecken hinüber. Neben ein paar Fischkuttern lagen jede Menge Segelschiffe in verschiedenen Größen und einige Motorboote. Eine Ausflugsfähre fuhr gerade in den Hafen ein. An Deck standen Leute und winkten. Ich winkte zurück. Udo Jürgens hatte inzwischen aufgehört zu singen, ein neuer Song begann. Auch ein Schlager, den ich aber noch nie gehört hatte. Wieso kannte sich Felix eigentlich so gut mit klassischer Musik aus? Ziemlich ungewöhnlich für jemanden unter sechzig. In meiner Klasse hörten alle Popmusik. Oder Heavy Metal wie Daniel und Markus. Aber vielleicht war das gerade ja nur ein Zufallstreffer gewesen. Ich war schließlich auch keine Schlagerexpertin, bloß weil ich Udo Jürgens kannte.

»Bitte sehr, die Dame.« Felix tauchte wieder auf und servierte mir mit einer formvollendeten Verbeugung einen großen Erdbeerbecher mit Sahne.

Ich kicherte. »Vielen Dank! Da merkt man doch gleich, dass du Erfahrung als Kellner hast.«

Felix setzte sich neben mich. Er hatte sich Pistazieneis geholt und winkte bescheiden ab. »Ich muss noch viel lernen, fürchte ich.«

»Zum Beispiel Handtücher tragen, ohne dass sie runterfallen.« Ich grinste, als ich an unsere erste Begegnung im Hotelgarten dachte.

Felix stieß mir mit dem Ellbogen in die Seite. »Hey, hör sofort auf zu grinsen! Die Handtücher hab ich nur deinetwegen fallen lassen.«

»Du darfst dich eben nicht so leicht ablenken lassen.«

Felix schob sich einen Löffel Eis in den Mund und nuschelte: »Gar nicht so leicht, wenn einem ein hübsches Mädchen zuwinkt.«

Ich wurde rot und wechselte schnell das Thema. »Seit wann arbeitest du eigentlich schon im Hotel?«

»Noch nicht so lange«, antwortete Felix. »Ich glaube … äh … seit zehn Tagen ungefähr.«

»Dafür bist du aber schon ziemlich gut, finde ich.« Ich probierte das Erdbeereis und schloss genießerisch die Augen.

»Schmeckt's dir?«, erkundigte sich Felix.

Ich nickte. »Super!« Das Eis war wirklich verboten gut. Total cremig und süß. »Schmeckt fast so lecker wie im *Venezia*. Das ist die beste Eisdiele in Dederstadt. Und die einzige. Du musst mal vorbeikommen, dann lade ich dich ein.«

»Gerne.« Felix lächelte mir zu.

Vielleicht war es dieses Lächeln. Oder das Pistazieneis in seinen Mundwinkeln. Vielleicht war es auch die Sonne, die in seinen graublauen Augen funkelte. Augen, so grau wie das Meer. Oder alles zusammen. So genau kann ich das nicht sagen. Ich weiß nur eins: In diesem Moment setzte mein Herzschlag aus, und es haute mich fast vom Stuhl. Mir wurde schwindelig, und meine Hände begannen zu zittern.

»Alles in Ordnung?«, fragte Felix. »Du bist auf einmal ganz blass.«

Ich schüttelte den Kopf. Dann nickte ich. Mein Herz galoppierte davon wie ein Rennpferd. Keine Chance, es im Zaum zu halten. Mir war flau im Magen.

»Bin gleich wieder da«, murmelte ich und stand schwankend auf.

»Die Toiletten sind dahinten.« Felix zeigte auf einen schmalen Durchgang zwischen der Eisdiele und der Lagerhalle.

Ich nickte und torkelte los.

8. Kapitel

Wie man sich um Kopf und Kragen redet

Das Klo befand sich auf der Rückseite der Eisdiele. Es war winzig klein. Die Tür knarrte, aber immerhin gab es einen verrosteten Riegel. Ich schloss ab, stellte mich ans Waschbecken und ließ eiskaltes Wasser über meine Handgelenke laufen. Der Spiegel über dem Waschbecken hatte einen Sprung. Mein Gesicht sah aus, als wäre es in zwei Hälften geschnitten und schief wieder zusammengesetzt worden. Irgendwie passte das, denn so ähnlich fühlte ich mich auch.

Meine Hände wurden allmählich zu Eiszapfen, darum stellte ich das Wasser wieder ab. Ich fuhr mir mit den feuchten Händen über das Gesicht. Das tat gut. Allmählich ging es mir wieder etwas besser. Nur das flaue Gefühl im Magen blieb. Ich begann eine kleine Unterhaltung mit meinem Spiegelbild.

Ich: Was zum Teufel ist los mit dir, Emma?
Spiegelbild: Vielleicht hast du dir heute Vormittag einen Sonnenstich geholt.
Ich: Quatsch, ich hab doch die meiste Zeit im Strandkorb gesessen und gelesen.
Spiegelbild: Oder das Eis war schlecht.
Ich: Das Eis war total lecker. Das kann es auch nicht gewesen sein.

Spiegelbild: Du weißt doch eigentlich ganz genau, was los ist.
Ich: Nein, weiß ich nicht!
Spiegelbild: Doch, du weißt es. Du musst nur tief in dein Herz schauen.
Ich: Was ist denn das für ein Schmalz? Außerdem ist mein Herz nicht mehr da. Es hat sich aus dem Staub gemacht und mich einfach im Stich gelassen.
Spiegelbild: Und warum?
Ich: Woher soll ich das wissen?
Spiegelbild (seufzt): Du stehst dir mal wieder selbst im Weg, Emma. Dabei brauchst du nur eins und eins zusammenzuzählen. Felix hat dich angelächelt, und dir ist plötzlich schwindelig geworden. Dein Herz spielt verrückt, und dir ist flau im Magen. Was könnte das bedeuten, hm?
Ich: Magen-Darm-Grippe?
Spiegelbild: Falsch!
Ich: Niedriger Blutdruck?
Kopfschütteln.
Ich (erschrocken): Vielleicht hab ich ja Herzprobleme, wie Oma! Meinst du, ich brauche einen Herzschrittmacher?
Spiegelbild (verdreht die Augen): Hör auf mit dem Unsinn, Emma! Du hast weder Magen-Darm-Grippe noch niedrigen Blutdruck oder Herzprobleme. Du hast dich verliebt, du dumme Nuss!
Ich: VERLIEBT???
Spiegelbild: Genau. Und zwar in Felix.
Ich: Verflixt und zugenäht! *(Das sagt Oma immer.)* Das darf doch nicht wahr sein!
Spiegelbild (tröstend): Es gibt Schlimmeres.

Ich: Ach ja? Ehrlich gesagt wäre mir eine Magen-Darm-Grippe lieber. Die ist wenigstens nach ein paar Tagen vorbei. Was soll ich denn jetzt machen?
Spiegelbild (lächelt sanft): Du atmest einmal tief durch und gehst wieder zurück zu Felix. Du isst dein Eis auf, plauderst nett mit ihm und wartest ab, wie sich die Dinge entwickeln.
Ich: Tolle Idee! Abwarten ist echt nicht mein Ding.
Spiegelbild: Ich weiß. Keine Sorge, du schaffst das schon.

Leider hatte ich auch keinen besseren Plan. Also blieb mir nichts anderes übrig, als es zu versuchen. Ich atmete ein Mal tief durch, verließ die Toilette und ging zurück zu unserem Tisch.

»Geht's dir wieder besser?« Felix sah etwas beunruhigt aus. Er machte sich tatsächlich Sorgen um mich! Das fand ich so süß von ihm, dass ich schon wieder weiche Knie bekam. Schnell setzte ich mich hin.

»Ja.« Ich grinste wie ein Honigkuchenpferd. Wahrscheinlich sah ich komplett beschränkt aus. »Nur ein kleiner Schwächeanfall, nichts Ernstes. Vielleicht die Sonne.«

»Soll ich dir ein Glas Wasser holen?«

Er war ja so *nett*!

»Danke, nicht nötig.« Ich versuchte, das Grinsen auf meinem Gesicht auszuknipsen, damit Felix mich nicht für völlig bescheuert hielt. Es war nicht leicht, aber ich schaffte es.

»Und jetzt will ich alles über deine Chaos-Familie wissen.« Felix sah mich erwartungsvoll an.

»Ja, also ... da wären erst mal meine Eltern, Lia und

Rudi«, begann ich. »Dann hab ich noch zwei Brüder, Tim und … äh …«

Felix' Blick brachte mich so durcheinander, dass mein Kopf plötzlich wie leer gefegt war. Ich konnte mich kaum an meinen eigenen Namen erinnern, geschweige denn an den meines Bruders. Wie hieß noch mal dieser muffelige Kerl mit den Pickeln im Gesicht und der speckigen Lederjacke?

»Klaus!«, rief ich triumphierend.

»Sind die beiden älter oder jünger als du?«, wollte Felix wissen.

Oje, schwierige Frage! Ich musste mich unbedingt konzentrieren.

Reiß dich zusammen, Emma! Sonst denkt Felix noch, du bist dumm wie Bohnenstroh!

Ich steckte mir schnell einen Löffel Eis in den Mund, um ein bisschen Zeit zu gewinnen. Das Eis war inzwischen geschmolzen, aber der süße Geschmack nach Erdbeeren und Sahne half mir dabei, wieder einen halbwegs klaren Kopf zu bekommen. Ich durfte Felix einfach nicht zu lange in die Augen schauen, dann war alles paletti. Also starrte ich auf die rosafarbene Pfütze in meinem Eisbecher, während ich Felix von Tim und Klaus, Mama und Papa, Gesa und Mona, Thomas, Lili, Oma und Pfarrer Pauli erzählte. Es ging ganz leicht, weil Felix genau an den richtigen Stellen nachfragte oder einfach nur zuhörte. Merkwürdigerweise schien ihn meine chaotische Familie tatsächlich zu interessieren.

»Wow!«, sagte er, als ich fertig war. »Das klingt, als wäre bei euch jede Menge los.«

»Tja, langweilig wird es eigentlich nie. Oder nur sehr, sehr selten«, fügte ich hinzu, als mir einfiel, wie mich die Langeweile in den ersten Ferienwochen genervt hatte. »Aber jetzt musst *du* mal erzählen. Wie ist denn deine Familie so?«

Felix zuckte mit den Schultern. »Total langweilig im Vergleich zu deiner. Ich habe eine Schwester. Sie ist ein Jahr jünger als ich, und wir verstehen uns ganz gut. Aber meine Eltern sind, wie gesagt, beruflich ziemlich eingespannt. Darum kommt es nicht oft vor, dass wir alle zusammen sind.«

Das klang so traurig, dass mir Felix richtig leidtat. »Und deine Großeltern?«, fragte ich.

»Die sind schon lange tot.«

»Wie schrecklich!« Bei dem Gedanken daran, dass Oma sterben könnte, wurde mir trotz der sommerlichen Wärme eiskalt.

»Ich hab sie gar nicht mehr kennengelernt«, erzählte Felix. »Sie sind vor meiner Geburt gestorben. Darum vermisse ich sie auch nicht wirklich.« Er wechselte das Thema. »Und was treibst du, wenn du nicht gerade Schwimmwettbewerbe gewinnst?«

Ich sah auf. Das hätte ich besser lassen sollen. Kaum hatte ich einen Blick in Felix' meergraue Augen geworfen, fing ich auch schon an zu stottern. »Ich ... äh ... na ja, also ... ich lese gern Comics ... oder liege in meiner Hängematte herum. Oder ich unterhalte mich mit Paul.«

»Wer ist denn jetzt schon wieder Paul?«, fragte Felix. »Noch ein Bruder von dir?«

Ich musste lachen. »Nein. Paul ist unser Hund. Besser

gesagt, er *war* unser Hund. Ein total lieber Labrador. Er war genauso alt wie ich. Leider ist er letzten Winter gestorben.«

»Oh, das tut mir leid.« Felix stutzte. »Und du sprichst trotzdem mit ihm?«

Ich nickte. »Klar.«

»Wie unterhält man sich denn mit einem toten Hund?«

»Das ist gar nicht schwer. Ich sitze oft an Pauls Grab, ganz hinten in unserem Garten. Und dann erzähle ich ihm, was alles los ist. Er hört mir immer zu. Das war schon so, als er noch lebte.«

Felix sah mich mit einem seltsamen Ausdruck in den Augen an. »Du bist wirklich ein ungewöhnliches Mädchen, Emma.«

Ich wusste nicht so richtig, was ich dazu sagen sollte. Ungewöhnlich? Was sollte das heißen? War das gut oder schlecht? Ich beschloss, es als Kompliment zu nehmen.

»Und was hast du für Hobbys?«, fragte ich. »Abgesehen davon, dass du gerne Handtücher in den Dreck wirfst, meine ich.«

Es wurde höchste Zeit, dass ich ein bisschen mehr über Felix erfuhr. Ich quasselte hier die ganze Zeit, und er hatte bisher kaum etwas von sich erzählt. Nachher hielt er mich noch für eine oberflächliche Plaudertasche. Dabei konnte ich auch ganz wunderbar zuhören.

Felix zuckte mit den Schultern. »Ach, nichts Besonderes eigentlich …«

Aber so leicht kam er mir nicht davon. »Du hörst gerne klassische Musik, stimmt's?«

Felix nickte. »Ja, und ich lese ziemlich viel.«

»Doch nicht etwa Mathe- und Physikbücher, oder?«, fragte ich misstrauisch.

Felix schüttelte den Kopf. »Nein, Krimis. Und Fantasy-Romane.«

Aha. Das war doch schon mal was!

»Machst du Sport?«, fragte ich weiter. Allmählich wurde das hier ein richtiges Verhör, aber offenbar gehörte Felix zu den Jungs, denen man alles aus der Nase ziehen musste.

»Ehrlich gesagt bin ich nicht besonders sportlich«, gab Felix zu. »Ich segle ein bisschen. Und manchmal spiele ich Tennis.«

»Cool!« Ich war beeindruckt. »Spielst du etwa auch Golf?«, witzelte ich.

»Nicht so gerne.« Felix sah etwas verlegen aus. »Beim Golfen bin ich leider eine totale Niete.«

Meinte er das jetzt ernst oder nicht? Der Junge war wirklich schwer zu durchschauen. Er hatte ein absolutes Pokerface. Wahrscheinlich nahm er mich gerade auf den Arm. Ich meine, welcher Hilfskellner kann sich schon Hobbys wie Segeln, Tennis und Golf leisten? Ich kannte mich da ja nicht so aus, aber das war doch alles total teuer, oder? Und ich dumme Nuss ließ mich natürlich prompt auf den Arm nehmen! Aber was er konnte, konnte ich auch.

»Mir liegt der Golfsport auch nicht«, sagte ich so selbstverständlich wie möglich. »Aber mit meiner Segeljacht schippere ich am Wochenende gerne ein bisschen durch die Gegend. Das ist so herrlich entspannend. Wenn ich nicht gerade ein wichtiges Tennisturnier habe, aber das versteht sich ja von selbst.«

»Wie bitte?« Felix sah mich verwirrt an, und ich prustete los. So viel zum Thema Emma und Pokerface.

Felix begann ebenfalls zu lachen, und wir kriegten uns gar nicht mehr ein. Jedes Mal, wenn wir uns etwas beruhigt hatten, ging es wieder von vorne los. Nach einer Weile bekam ich richtig Bauchschmerzen.

»Stopp!«, japste ich. »Ich kann nicht mehr!«

Felix hörte auf zu lachen. Er starrte zu einem Segelboot hinüber, das nicht weit von uns sanft im Hafenbecken schaukelte. Es war eins der größeren Boote. Ein Mädchen ging gerade von Bord. Irgendwo hatte ich sie schon mal gesehen. Sie war ungefähr so alt wie ich und sah wunderschön aus. Ihre blonden, schulterlangen Haare flatterten dekorativ im Wind. Sie trug eine weiße Dreiviertelhose, eine rosa Bluse und so ähnliche Schuhe wie Felix. Sie hätte für alles Mögliche Werbung machen können: Schokoriegel, Fitness-Müsli, Diät-Cola ... Vielleicht war sie ja wirklich Model und kam mir deswegen so bekannt vor.

Lässig lief sie am Hafen entlang, direkt auf die Eisdiele zu. Felix sprang auf. Er war plötzlich schneeweiß im Gesicht.

»Sorry, aber ich muss jetzt los«, sagte er hektisch.

»Kennst du die etwa?« Ich nickte zu dem Mädchen hinüber.

Felix schüttelte den Kopf. »Quatsch! Natürlich nicht. Aber ... aber meine Schicht im Hotel fängt gleich an. Hätte ich fast vergessen. Mach's gut, Emma! Man sieht sich.«

Und schon war er weg. Er flitzte an der Eisdiele vorbei und bog hinter der Lagerhalle ab, sodass er außer Sichtweite war. Es wirkte fast, als wäre er auf der Flucht. Aber vor wem? Etwa vor mir? Hatte er den Nachmittag so schrecklich gefunden? Hatte er nur aus reiner Höflichkeit so getan, als würde er sich für mich interessieren? Und sich in Wirklichkeit zu Tode gelangweilt, während ich stundenlang von meiner Familie gefaselt hatte? Ich merkte, wie ich knallrot anlief. Hilfe, wie peinlich! Offenbar hatte ich Felix mit meinem Dauergelaber in die Flucht geschlagen. Blöder kann es gar nicht laufen.

Das Mädchen vom Segelboot war inzwischen fast bei der Eisdiele angekommen. Jetzt fiel mir wieder ein, wo ich sie schon mal gesehen hatte. Im *Friesenhof*! Bestimmt machte sie auch hier Urlaub. Jedenfalls hatte sie sich in der vornehmen Umgebung des Hotels so selbstverständlich bewegt, als wäre sie dort zu Hause. Vermutlich war ihre Familie stinkreich, und sie stieg ständig in solchen Edelschuppen ab. Wenn sich ihre Eltern sogar ein eigenes Segelboot leisten konnten …

Das Mädchen hatte mich auch wiedererkannt. »Hallo«, sagte sie.

»Hallo«, murmelte ich.

Aber ich war gerade nicht in der richtigen Stimmung zum Quatschen. Für heute hatte ich genug geredet. Außerdem lag mir Felix' merkwürdiger Abgang ziemlich schwer im Magen. Ich wusste nicht, ob ich beleidigt oder enttäuscht sein sollte. Darum war ich der Einfachheit halber beides.

Das Mädchen betrat die Eisdiele. Ich stand auf, ließ mein geschmolzenes Erdbeereis stehen und machte mich auf den Rückweg ins Hotel.

9. Kapitel

Überraschung im Urwald

Ich hatte es nicht besonders eilig, ins Hotel zurückzukommen. Vermutlich fragten sich die anderen schon, wo ich blieb, aber ich musste erst mal einen klaren Kopf bekommen. An diesem Nachmittag war so viel passiert, dass es für eine ganze Woche reichte.

Ich beschloss, einen kleinen Umweg zu machen, und bog hinter dem Hafen in Richtung Urwald ab. So hieß ein kleines, verwunschenes Wäldchen, das zwischen Hafen und Ort lag. Ich hatte bisher nur die Hinweisschilder gesehen, aber ein Urwald war genau das, was ich jetzt brauchte. Am liebsten hätte ich mich dort bis zum Ende unseres Urlaubs versteckt. Was Felix jetzt wohl von mir dachte? Wahrscheinlich hielt er mich für eine nervige Quasselstrippe, die nur langweiligen Kram erzählte. Aber warum hatte er sich dann so ausführlich nach meiner Familie und meinen Hobbys erkundigt? Er hatte richtig interessiert gewirkt. Ich kapierte das einfach nicht. Manchmal waren Jungs wirklich schwer zu durchschauen.

Ich seufzte, während ich den schmalen Pfad zum Urwald entlanglief. Links von mir lag der mit Gras bewachsene Deich, rechts eine Wiese, auf der ein paar Pferde grasten. Meine Gedanken fuhren Karussell. So etwas konnte wirklich nur mir passieren! Warum musste ich mich ausgerechnet in meinem allerersten (und wahrscheinlich für lange Zeit letzten) Urlaub Hals über Kopf verlieben? Jetzt war die ganze Erholung zum Teufel. Dabei hatte ich mir nach der Sache mit Bastian fest vorgenommen, erst mal die Finger von den Jungs zu lassen und die Ferien zu genießen. Jungs brachten sowieso nur Ärger. Felix war das beste Beispiel dafür. Lud mich zum Eis ein und ließ mich eiskalt sitzen. Was war denn das für eine Art?

Je länger ich über die Sache nachdachte, desto ärgerlicher wurde ich. Und das war gut so. Ich weiß nicht, wie es euch geht, aber ich bin lieber wütend als traurig. Dieser Blödmann konnte mich mal gernhaben! Ich würde ihn mir einfach aus dem Kopf schlagen, keinen Gedanken mehr an ihn verschwenden und ihn wie Luft behandeln, wenn ich ihm im Hotel zufällig über den Weg lief. Als wäre ich einer von diesen eingebildeten reichen Schnöseln. Ha!

Grimmig marschierte ich direkt in den Urwald hinein. Es war, als würde ich in eine andere Welt eintauchen. Der Urwald bestand aus merkwürdig verkrüppelten Bäumen mit verschlungenen Ästen, die über meinem Kopf ein richtiges Dach bildeten. Außerdem gab es dichte Büsche und farnähnliche Pflanzen mit langen Blättern. Alles war grün: die Bäume, die Büsche, die Blätter, das Licht. Sogar die Luft schien grünlich zu flimmern!

Ich blieb stehen. Ein Kaninchen (nicht grün, sondern braun) hoppelte direkt vor mir über den Pfad. Es verschwand zwischen den Büschen. Ein zweites Kaninchen folgte. Es blieb auf dem Pfad sitzen und betrachtete mich mit glänzenden schwarzen Augen. Seine Barthaare zitterten. Ich wagte nicht, mich zu rühren. Wenn Mona das sehen könnte! Sie steht total auf Kaninchen. Zu Hause hat sie ein besonders dickes und verfressenes Exemplar namens Pinki, das sie über alles liebt. Ich finde Kaninchen ziemlich langweilig.

Irgendwo bellte ein Hund. Das Kaninchen wackelte kurz mit den Ohren und verschwand wie der Blitz im Unterholz. Langsam ging ich weiter. Es war sehr still im Urwald. Nicht mal das Schreien der Möwen war zu hören. Außer den Kaninchen und mir schien niemand unterwegs zu sein. Wahrscheinlich waren alle Urlauber bei dem schönen Wetter am Strand und ließen sich von der Sonne brutzeln.

Wieder ertönte ein Geräusch in der Ferne. Diesmal klang es wie ein klägliches Jammern. Als würde ein kleines Kind weinen. Ich blieb stehen und lauschte, aber alles blieb ruhig. Hatte ich mir das Geräusch nur eingebildet? Nein, da war es wieder! Ich bekam eine Gänsehaut. Weinte da etwa tatsächlich jemand? Vielleicht ein Kind, das sich verlaufen hatte? In der Stille des Urwalds hörte es sich an, als würde ein Geist traurige Klagelaute ausstoßen. Echt unheimlich!

Einen kurzen Moment war ich drauf und dran, einfach abzuhauen. Aber dann schüttelte ich den Kopf und ging weiter. Immer tiefer in den Urwald hinein. Ich bin nun mal ziemlich dickköpfig. Außerdem gehe ich den Dingen gerne auf den Grund. Ich wusste genau, dass mir die Sache keine Ruhe lassen würde, wenn ich jetzt kniff. Ich musste wissen, was hier los war. Wer weinte im Urwald? Und warum?

Der Pfad wurde immer schmaler. Farnkraut, das am Wegesrand wuchs, strich sanft an meinen Beinen entlang. Hier, im Herzen des Urwalds, standen die Bäume noch dichter, und ihre Äste waren noch verschlungener. Als ich nach oben sah, konnte ich den Himmel nicht mehr sehen. Nur noch Grün, so weit das Auge reichte. Als hätte der Urwald mich verschluckt.

Das Weinen wurde immer kläglicher. Und immer lauter. Ich war fast am Ziel. Der Pfad machte eine Biegung. Was würde mich dahinter erwarten? Ich war auf alles gefasst. Ein heulendes Kind, ein verlassenes Baby, ein Gespenst mit glühenden Augen …

Hinter der Kurve blieb ich wie angewurzelt stehen. Ich blinzelte. Einmal, zweimal, dreimal. Doch das Bild vor meinen Augen blieb dasselbe. Es löste sich nicht in Luft auf, darum musste es wohl die Wirklichkeit sein. Ich hatte mit allem gerechnet, aber damit bestimmt nicht.

»Ein Hund!«, rief ich überrascht.

Als er meine Stimme hörte, fiepte er noch aufgeregter. Es war ein kleiner Hund mit schokoladenbraunem Fell und Schlappohren. Ein Mischling, ganz klar. Ein bisschen Dackel, ein bisschen Labrador und ein bisschen keine Ahnung, was. Er war jung, fast noch ein Welpe. Er trug ein einfaches, grünes Lederhalsband. Jemand hatte ihn mit einem Strick an einem Baum festgebunden. Mitten im Urwald! Der Strick hatte sich in den Zweigen verfangen, wahrscheinlich als der Hund versucht hatte, sich zu befreien. Dadurch war die Leine so kurz geworden, dass das arme Tier kaum noch Bewegungsfreiheit hatte.

Ich ging zu dem Hund hinüber und kniete mich neben ihn. Zitternd wich er zurück und kniff den Schwanz ein. Ich redete beruhigend auf ihn ein.

»Keine Angst, ich tu dir nichts. Du bist aber ein Hübscher! Hat dich dein Herrchen einfach hier allein gelassen? Wie heißt du denn, mein Kleiner? Komm her und lass dich streicheln!«

Es dauerte eine Weile, bis der Hund Vertrauen zu mir fasste. Allmählich wurde das Zittern weniger, und er kam etwas näher. Langsam streckte ich die Hand aus. Der Hund spitzte die Ohren und schnupperte an meinen Fingern. Vorsichtig wedelte er mit dem Schwanz.

»Prima machst du das«, lobte ich ihn. »Du bist ja ein ganz Mutiger!«

Jetzt kam er noch näher und leckte meine Hand ab. Das kitzelte, und ich musste kichern. Behutsam begann ich, den Hund hinter den Ohren zu kraulen. Das hatte Paul immer besonders gern gemocht. Dem kleinen Hund schien es ebenfalls zu gefallen. Er wedelte kräftig mit dem Schwanz und kletterte sogar auf meinen Schoß. Er war ganz leicht. Viel leichter als Paul.

»Na also!« Ich versuchte, die Schnur vom Halsband zu lösen. Das war gar nicht so einfach. Sie war mehrfach verknotet, und die Knoten saßen bombenfest. Der Hund schnupperte währenddessen an meinen Hosentaschen.

»Hast du Hunger?«, fragte ich. »Dumme Frage, bestimmt hast du Hunger. Wer weiß, wie lange du schon hier festgebunden bist. Und Durst hast du garantiert auch.« Endlich löste sich der erste Knoten. Kurze Zeit später war der Hund frei. »Weißt du was?«, sagte ich. »Ich nehm dich mit ins Hotel. Da bekommst du erst mal Wasser und etwas zu fressen. Was hältst du davon?«

Der Hund wedelte begeistert. Er schien jedes Wort zu verstehen. Damit war die Sache beschlossen.

»Prima!« Ich nahm den Hund auf den Arm und marschierte los.

Der Hund war zwar klein, aber auf Dauer wurde er doch ziemlich schwer. Ich traute mich nicht, ihn unterwegs abzusetzen. Was, wenn er davonlief? Sicherheitshalber schleppte ich ihn quer durch den Ort, obwohl mir die Arme wehtaten. Ich war froh, als das Reetdach des Hotels in Sicht kam.

»Gleich haben wir es geschafft«, flüsterte ich dem Hund ins Ohr.

Doch dann gab es ein unvorhergesehenes Problem. In der Eingangshalle wurden wir von der Empfangsdame aufgehalten. Es war eine andere als heute Mittag. Sie hatte eine dicke Make-up-Schicht im Gesicht und knallrote Lippen. Auf ihre Frisur hatte sie so viel Haarspray gesprüht, dass ihre blonden Haare aussahen, als wären sie in Beton gegossen.

»Einen Moment bitte!«, rief sie, als ich an ihr vorbeigehen wollte. »Kann ich dir helfen?«

Ich blieb stehen. »Nein danke. Ich wohne hier, Suite Nummer 14.«

»Aha.« Die Frau warf einen Blick auf den Bildschirm ihres Computers. »Wie du sicherlich weißt, ist das eine Allergiker-Suite.«

»Äh … nein, aber das macht nichts«, sagte ich schnell. »Die Suite ist trotzdem prima.« Genau genommen wusste ich noch nicht mal, was eine Allergiker-Suite ist. Der Hund begann leise zu winseln, und ich drückte ihn beruhigend an mich. Offenbar mochte er die Frau nicht. Wie sich herausstellen sollte, hatte er eine gute Menschenkenntnis.

Die Frau runzelte die Stirn. »Den Hund kannst du leider nicht mitnehmen.«

»Warum denn nicht?«, fragte ich. »Er ist ganz lieb.«

»In einer Allergiker-Suite sind Hunde nicht erlaubt.« Sie klang jetzt ein kleines bisschen ungeduldig. »Die Hundehaare könnten bei den nachfolgenden Gästen Allergien auslösen.«

»Ach so.« Ich dachte blitzschnell nach. »Aber der Hund bleibt gar nicht lange. Er ist nur … na ja … zu Besuch. Und ich könnte hinterher staubsaugen.« Dieses Angebot fand ich ziemlich großzügig von mir.

Doch die Empfangsdame schüttelte stur den Kopf. »Ich kann keine Ausnahmen machen, tut mir leid.«

Sie sah allerdings nicht so aus, als ob es ihr wirklich leidtun würde. Ich überlegte kurz, ob ich einfach losrennen sollte. Diese geschminkte Tante konnte es im Kurzstreckenlauf bestimmt nicht mit mir aufnehmen. Wahrscheinlich stelzte sie immer nur würdevoll durch die Gegend, damit ihre Betonfrisur nicht durcheinandergeriet. Aber dummerweise wusste sie, wo ich wohnte. Sie brauchte sich also überhaupt nicht die Mühe zu machen, mich zu verfolgen. Stattdessen würde sie mir einfach einen ihrer Angestellten auf den Hals hetzen, so sah es aus.

Ich entschied mich für eine andere Taktik. »Kein Problem, dann bringe ich den Hund eben wieder zurück.« Ich lächelte freundlich. »Tschüss, und einen schönen Tag noch.«

»Gleichfalls.« Die Empfangsdame tippte etwas in ihren

Computer und würdigte mich keines Blickes mehr. Blöde Kuh!

Der Hund begann wieder zu zittern, und ich flüsterte ihm ins Ohr: »Keine Angst, das hab ich nur so gesagt. Du bleibst natürlich bei mir!«

Ich verließ die Eingangshalle und warf einen schnellen Blick über die Schulter zurück, doch die Empfangsdame sah mir nicht nach. Prima! Wie der Blitz flitzte ich um die Ecke, lief durch den Garten zur Außentür des Gästehauses und schlüpfte hinein. Ich kam mir vor wie ein Einbrecher. Auf dem Flur begegnete mir ein Ehepaar, das gerade auf dem Weg nach draußen war. Ich tat so, als wäre es völlig normal, mit einem Hund auf dem Arm über den Flur zu spazieren. Die Leute konnten schließlich nicht wissen, dass ich in einer Allergiker-Suite wohnte. Oder?!

Ich atmete erleichtert auf, als ich vor unserer Zimmertür stand, und ging schnell hinein.

»Hey, Emma, da bist du ja endlich!«, begrüßte mich Mona. »Wo hast du denn die ganze Zeit gesteckt?« Sie hatte es sich mit einem ihrer geliebten Heftchenromane auf dem Sofa bequem gemacht. Mona liest für ihr Leben gern kitschige Liebesgeschichten. Keine Ahnung, was sie daran so toll findet. Schließlich weiß man schon vorher, wie es ausgeht. Aber vielleicht ist das ja gerade der Witz an der Sache.

»Ich war Eis essen«, sagte ich. »Und ich habe jemanden mitgebracht.«

Erst jetzt entdeckte Mona den Hund auf meinem Arm. Er hatte sich ganz klein gemacht. Wahrscheinlich wusste er, dass er eigentlich nicht hier sein durfte. Schlaues Tier!

»Was ist das denn?« Mona warf ihren Roman zur Seite und sprang auf.

»Darf ich vorstellen?«, sagte ich. »Mona, Hund. Hund, Mona.«

Ich setzte den Hund vor dem Sofa ab. Er schnüffelte interessiert an Monas Gesundheitslatschen, die vor dem Sofa auf dem Parkett lagen. Und an Monas nackten Füßen.

Mona kicherte. »Ist der süß!« Sie hockte sich auf den Boden und streichelte den Hund. Der Hund wedelte begeistert. Er schien gar keine Angst vor ihr zu haben. Bestimmt hatte er sofort gemerkt, dass Mona niemand war, vor dem man sich fürchten musste. Er war wirklich ziemlich klug.

»Wie heißt er denn?«, fragte Mona. »Und wo hast du ihn her?«

»Keine Ahnung, wie er heißt. Ich hab ihn im Urwald gefunden.« Dann erzählte ich Mona, wie ich den Hund entdeckt und ins Hotel geschmuggelt hatte.

»Der Arme!« Mona sah den Hund mitleidig an. »Offenbar hat ihn jemand ausgesetzt.« Sie untersuchte sein Halsband. Der Hund leckte währenddessen eifrig ihre Hand ab. »Das hab ich mir gedacht: keine Adresse, keine Steuermarke, nichts. Jemand wollte das Tier loswerden und hat es deshalb im Urwald zurückgelassen.«

»So eine Schweinerei!« Vor Wut wurde mir ganz heiß. »Wie kann man ein Tier bloß einfach aussetzen? Was, wenn ich den Hund nicht gefunden hätte? Dann wäre er im Wald verhungert oder verdurstet!«

Mona nickte düster. »Das ist wirklich das Letzte! Leider ist es gar nicht so selten, dass Menschen ihre Haustiere aussetzen. Ich hab mal einen Bericht darüber in der Zeitung gelesen. Besonders im Sommer werden oft Tiere ausgesetzt, wenn die Besitzer in den Urlaub fahren wollen und nicht wissen, wohin mit ihrem Haustier.«

Ich schnaufte ärgerlich. »Das kann man sich doch vorher überlegen! Wenn ich ständig verreisen will, schaffe ich mir erst gar kein Haustier an.«

Der Hund war gerade dabei, unsere Suite zu erkunden. Er schnupperte an den Möbeln und versuchte, eine Fliege zu fangen. Dabei rutschte er ständig auf dem glatten Parkettboden aus und fiel fast auf die Nase.

Mona kicherte. »Der ist wirklich putzig, ein richtiger kleiner Tollpatsch!« Sie wurde wieder ernst. »Und was hast du jetzt mit ihm vor?«

Ich zuckte mit den Schultern. »Ihn behalten, was sonst? Irgendjemand muss sich doch um ihn kümmern.« Ich ging zur Küchenzeile, füllte eine kleine Schale mit Wasser und stellte sie auf den Boden. Sofort kam der Hund angerannt und trank gierig.

»Ich weiß nicht …« Mona kratzte sich nachdenklich am Kopf. »Was, wenn sein Besitzer ihn wiederhaben will? Ich glaube, wir müssten eigentlich der Polizei Bescheid sagen.«

»Auf keinen Fall!« Ich nahm die Schale und füllte sie noch einmal mit Wasser. »Wenn wir den Hund zur Polizei bringen, kommt er bestimmt ins Tierheim. Die stecken ihn dann in einen Käfig, bis ihn irgendjemand abholt. Da hat er es hier bei uns doch viel besser! Außerdem müssen wir ihn erst mal ein bisschen aufpäppeln. Er ist ja total abgemagert und verängstigt.«

Besonders verängstigt sah der Hund allerdings gerade nicht aus. Er hatte die zweite Schale Wasser leer getrunken und war dabei, Monas Gesundheitslatschen anzuknabbern. Dabei stieß er zufriedene kleine Knurrlaute aus.

»Er hat bestimmt Hunger«, sagte Mona. »Was soll er denn fressen?«

Ich kramte in meinem Rucksack. »Ich hab noch einen Müsliriegel und ein paar Kekse. Das muss erst mal reichen. Beim Abendessen können wir vielleicht ein bisschen Fleisch für ihn mitgehen lassen. Und morgen kaufen wir Hundefutter im Supermarkt.«

»Du willst ihn also wirklich behalten?«, vergewisserte sich Mona.

»Natürlich!«

Mona nickte langsam. »Okay. Dann helfe ich dir. Zuallererst braucht der Hund einen Namen.«

Wir überlegten eine Weile, während der Hund erst den Müsliriegel und dann die Kekse verschlang. Sie waren schon etwas trocken, aber das schien ihn nicht zu stören.

»Schoko«, schlug Mona vor.

Ich schüttelte den Kopf. »Das klingt albern.«

»Schlappohr?«

Ich verzog das Gesicht.

»Wie wär's mit Paulchen?«

»Nein«, sagte ich. »Er sieht Paul nicht besonders ähnlich.«

Mona seufzte. »Mehr fällt mir nicht ein.«

Der Hund startete gerade einen neuen Versuch, die dicke Fliege zu fangen, die träge durchs Zimmer surrte. Plötzlich hatte ich eine Idee.

»Puck!«, rief ich. »Der Hund soll Puck heißen. So wie Puck, die Stubenfliege.«

Mona runzelte die Stirn. »Wer ist denn das?«

»Eine Figur aus *Biene Maja*«, erklärte ich. »Das war die Lieblingszeichentrickserie meiner Mutter, als sie klein war. Wir haben zu Hause alle Folgen auf DVD.«

»Puck …« Mona betrachtete nachdenklich den kleinen Hund, der gerade auf dem Parkett herumschlitterte wie ein ziemlich unbeholfener Eisläufer. Die Fliege surrte triumphierend davon. »Das passt.« Sie lächelte. »Herzlich willkommen, kleiner Puck.«

Puck wedelte mit dem Schwanz und bellte kurz.

Mona lachte. »Ich glaube, er hat mich verstanden.«

»Er versteht jedes Wort«, behauptete ich. »Aber lass das Bellen lieber sein, Puck«, schärfte ich dem Hund ein. »Niemand darf wissen, dass du hier bist, hörst du? Sonst bekommen wir riesigen Ärger. Das hier ist nämlich eine Allergiker-Suite.«

»Heißt das, Oma Gertrud und Tim dürfen auch nichts von Puck erfahren?«, fragte Mona.

Ich überlegte kurz, dann schüttelte ich den Kopf. »Lieber nicht. Je weniger Leute eingeweiht sind, desto besser.«

In diesem Moment klopfte es an der Tür, und ich zuckte zusammen. Mona und ich wechselten einen schnellen Blick.

»Wer ist da?«, rief Mona.

»Ich bin es, Oma«, schallte es durch die Tür. »Es gibt gleich Abendessen. Seid ihr fertig?«

»Sofort!«, rief ich zurück. »Geh schon mal vor, wir kommen gleich.«

Ich sprang auf. »Mist, so spät schon! Und ich sehe aus wie ein mit Sand paniertes Schnitzel …«

»Kein Problem.« Mona erhob sich ebenfalls. »Das kriegen wir schon hin. Und jetzt ab ins Bad mit dir!«

10. Kapitel

Eine anstrengende Nacht

Zehn Minuten später betraten Mona und ich den Speisesaal. Ich hatte mich schnell gewaschen und mir den Sand aus den Haaren gekämmt, während Mona mir frische Klamotten herausgesucht hatte. Ich fühlte mich zwar immer noch etwas unwohl zwischen all den vornehmen Menschen, aber jetzt, wo Mona und Tim da waren, machte mir das nicht mehr so viel aus.

Tim und Oma saßen bereits an unserem Tisch am Fenster, als wir hereinkamen. Mona und ich versuchten, so zu tun, als ob nichts wäre, dabei platzten wir fast vor Aufregung. Ich hatte Puck eingeschärft, keinen Unsinn anzustellen, während wir weg waren, und ihm versprochen, etwas Leckeres zu essen mitzubringen.

»Was gibt es denn heute?«, erkundigte ich mich beiläufig.

Tim warf einen Blick auf die Menükarte. »Salat aus dem Bauerngarten, Hühnchenbrust à la Provençale mit Rosmarinkartoffeln und Variationen von Gemüse und zum Nachtisch Crème brulée.«

»Das klingt ja herrlich!« Oma rieb sich voller Vorfreude die Hände.

Ich hatte zwar nur die Hälfte verstanden, aber ich war mir ziemlich sicher, dass sich Puck über Hühnchenbrust und Kartoffeln freuen würde. Gut, dass es heute keinen Fisch gab!

Wie aufs Stichwort erschien der Kellner und brachte die Vorspeise. Jetzt merkte ich erst, wie hungrig ich war. Seit dem Frühstück hatte ich – abgesehen von ein paar Keksen und Eis – nichts mehr gegessen. Gierig stopfte ich die Salatblätter in mich hinein. Den anderen schien es ähnlich zu gehen. Wir aßen schweigend, bis unsere Teller leer waren.

»Dieser Salat ist einfach göttlich!«, schwärmte Oma und legte ihr Besteck zur Seite. »Sag mal, wie war denn eigentlich deine Verabredung, Emma?«

»Geht so.« Ich starrte auf die kunstvoll gefaltete Serviette, die neben meinem Teller lag.

»Mit wem warst du denn verabredet?«, fragte Mona.

»Ach, mit niemandem.« Ich faltete die Serviette auseinander und legte sie auf meinen Schoß. So machen das vornehme Leute beim Essen. Leider hörte Mona nicht auf mit ihrer Fragerei. Hätte ich mir eigentlich denken können. Ich kenne niemanden, der so neugierig ist wie sie.

»Sag bloß, du hast hier schon jemanden kennengelernt.« Monas Augen glitzerten aufgeregt. »Erzähl doch mal!«

»Ist nicht so wichtig«, murmelte ich. Doch ich wusste, dass Mona nicht lockerlassen würde, darum gab ich schließlich seufzend nach. »Er heißt Felix und hat einen Ferienjob in unserem Hotel. Wir haben uns ein paarmal unterhalten, und heute Nachmittag hat er mir ein Eis ausgegeben, das ist alles.«

Mona grinste. »Das ist schon ganz schön viel, finde ich. Du musst ihn mir unbedingt vorstellen. Ist er hier gerade irgendwo?« Sie sah sich suchend um.

Ich schüttelte schnell den Kopf. Obwohl ich es nicht

gewollt hatte, hatte ich beim Betreten des Speisesaals als Erstes nach Felix Ausschau gehalten. Aber er war nicht da. War das Zufall oder Absicht? Vielleicht hatte er seinen Chef ja gebeten, ihn nicht mehr zum Kellnern beim Abendessen einzuteilen. Vielleicht war er froh, wenn er mich nicht sehen musste …

»Und was habt ihr heute Nachmittag gemacht?«, fragte ich, um die aufdringlichen Felix-Gedanken aus meinem Kopf zu vertreiben.

»Ich war mit Oma am Meer«, berichtete Mona. »Wir sind eine Runde geschwommen und haben uns danach im Strandkorb ausgeruht. Der Strand ist einfach herrlich! Und das Wasser erst! Total erfrischend. Ich bin so froh, dass wir hergekommen sind. Du nicht auch, Tim?«

Tim nickte. »Hier kann ich endlich in Ruhe lesen. Ich hab die Einstein-Biografie schon fast durch.«

Ich verdrehte die Augen. »Sag bloß, du hast den ganzen Nachmittag im Zimmer gehockt und deine Nase in langweilige Bücher gesteckt. Du musst auch mal rausgehen, sonst versauerst du noch total.«

Tim seufzte. »Ich bin aber nun mal lieber drinnen, auch wenn du dir das vielleicht nicht vorstellen kannst. Ich muss nicht ständig draußen herumrennen, um mich wohlzufühlen.«

»Trotzdem hat Emma recht«, sagte Oma. »Ein bisschen Sonne und Wind würden dir guttun, Tim.«

Tim verdrehte die Augen. Das kann er fast so gut wie ich. »Schon gut, morgen komme ich mit an den Strand. Im Strandkorb kann man schließlich auch lesen.«

Der Kellner räumte die leeren Teller ab und brachte den

nächsten Gang: Hühnchenbrust à la irgendwas mit Kartoffeln und Gemüse. Mein Magen knurrte so laut, dass es alle hören konnten. Peinlich!

»Guten Appetit«, sagte Oma, nachdem der Kellner wieder gegangen war.

Ich warf einen schnellen Blick in die Runde. Alle waren mit ihrem Essen beschäftigt, niemand achtete auf mich. So unauffällig wie möglich ließ ich das Fleisch und drei Kartoffeln in meinen Schoß fallen – direkt auf die Serviette. Dann wickelte ich das Essen in die Serviette ein und stopfte das Päckchen unter mein T-Shirt.

Mona stieß mich mit dem Ellbogen an und hielt mir unter dem Tisch zwei Stücke Weißbrot hin, die sie aus dem Brotkorb gemopst hatte und jetzt in ihre Hosentasche steckte.

Ich musste grinsen. Dann aß ich das Gemüse und die restlichen Kartoffeln auf. Natürlich wurde ich davon nicht satt.

»Meinst du, ich könnte noch mehr bekommen, Oma?«, fragte ich.

Oma starrte auf meinen leeren Teller. Sie war mit ihrer Portion noch nicht mal halb fertig. »Du meine Güte! Stopf doch nicht so, Emma«, sagte sie etwas vorwurfsvoll. »Sonst bekommst du Magenschmerzen. Hast du wirklich noch Hunger?« Als ich nickte, winkte Oma dem Kellner. »Könnten Sie meiner Enkelin bitte noch einen Nachschlag bringen?«

»Aber selbstverständlich.« Falls der Kellner sich über meinen ungewöhnlich großen Appetit wunderte, ließ er sich nichts anmerken. Die Jungs waren wirklich gut geschult. Vielleicht sollte ich auch mal eine Kellner-Ausbildung machen. Mir sieht man immer schon an der Nasenspitze an, was in meinem Kopf vorgeht. Das kann manchmal ziemlich unpraktisch sein.

Drei Minuten später stand ein neuer Teller mit dampfendem Fleisch, Gemüse und Kartoffeln vor mir. Zufrieden verspeiste ich meine Portion bis auf den letzten Krümel. Selbstverständlich ließ ich auch den Nachtisch nicht stehen. Ich hatte noch nie Crème brulée gegessen. Oma erklärte uns, das sei französisch und würde so viel wie »verbrannter Pudding« bedeuten. Daraufhin versprach ich mir nicht allzu viel davon. Die Franzosen müssen ziemlich merkwürdige Menschen sein, wenn sie gerne verbrannten Pudding essen.

Tim überlegte, ob Mama vielleicht französische Vorfahren hat, von denen wir nichts wissen. Bei ihr brennt der Pudding nämlich auch immer an. Daraufhin mussten wir alle lachen. Doch als der verbrannte Pudding kam und ich ihn vorsichtig probierte, konnte ich es kaum glauben. Er schmeckte super! Viel besser als der von Mama. Keine Ahnung, wie die Franzosen das hinkriegen.

Nach dem Essen fühlte sich mein Bauch so dick an, als hätte ich einen Luftballon verschluckt. Aber vielleicht lag das auch nur an dem Serviettenpäckchen unter meinem T-Shirt.

Tim gähnte. »Ich gehe ins Bett und lese noch ein bisschen. Bis morgen, Leute.« Er stand auf und verließ den Speisesaal.

Mona und ich wechselten einen schnellen Blick.

»Ich bin auch müde«, sagte Mona.

»Und ich erst.« Ich tat so, als müsste ich ein Gähnen unterdrücken. »Am besten legen wir uns gleich hin.«

»Ihr wollt schon schlafen gehen?«, fragte Oma. »So früh? Was ist denn los mit euch?«

Mona zuckte mit den Schultern. »War ein anstrengender Tag. Die lange Reise und so ...«

»Genau.« Ich versuchte, ein unschuldiges Gesicht zu machen. »Außerdem macht die Seeluft furchtbar müde.«

»Wenn ihr meint.« Oma sah etwas ratlos aus. »Ich trinke jedenfalls noch einen Kaffee.«

»Gute Nacht, Oma.« Ich drückte ihr einen Kuss auf die Wange, dann folgte ich Mona aus dem Speisesaal. Dabei hielt ich mit der rechten Hand so unauffällig wie möglich das Serviettenpäckchen unter meinem T-Shirt fest. Wahrscheinlich dachten die anderen Gäste, ich hätte Bauchschmerzen, weil ich so viel gegessen hatte. Aber sie hätten sich sicher noch mehr gewundert, wenn plötzlich ein halbes Menü aus meinem T-Shirt gepurzelt wäre ...

Kaum hatten wir den Speisesaal verlassen, rannten Mona und ich los.

»Hoffentlich war Puck brav«, keuchte Mona, als sie die Tür zu unserer Suite aufschloss.

Ich roch es sofort, als ich das Zimmer betrat. Und dann sah ich es auch. Mitten auf dem schönen Parkettfußboden glänzte unübersehbar eine große Pfütze.

»Oh nein!«, rief Mona. »Puck hat auf den Boden gepinkelt!«

Ich seufzte. »Jetzt wissen wir zumindest, dass er nicht stubenrein ist.«

»So was Blödes!« Mona holte einen Lappen und begann,

die Schweinerei aufzuwischen. Ich nahm eins der Küchenhandtücher und half ihr.

»Igitt, wie eklig!«, schimpfte ich, als wir fertig waren, und pfefferte das nasse Handtuch in die Spüle.

Puck hatte sich hinters Sofa verzogen. Sein Schwanz klemmte zwischen den Hinterbeinen. Er sah so ängstlich und schuldbewusst aus, dass mein Ärger augenblicklich wieder verrauchte. Jetzt tat er mir nur noch leid.

»Komm her, kleiner Puck«, sagte ich sanft und kniete mich neben das Sofa. Doch stattdessen zog sich Puck noch weiter zurück. Er zitterte am ganzen Körper.

»Der hat richtig fiese Angst«, stellte Mona fest, die hinter mir stand und Puck beobachtete. »Bestimmt hat er schlechte Erfahrungen gemacht. Vielleicht hat sein ehemaliger Besitzer mit ihm geschimpft, wenn er in die Wohnung gemacht hat.«

Als ich die Hand nach Puck ausstreckte, zuckte er zurück. »Oder etwas noch Schlimmeres«, murmelte ich. Der Gedanke, Puck könnte von seinem früheren Herrchen geschlagen worden sein, tat mir richtig weh. Niemand sollte kleine Hunde schlagen dürfen!

Es dauerte eine ganze Weile, bis Puck bereit war, aus seinem Versteck zu kommen. Erst schnupperte er an meiner Hand, war aber immer noch auf der Hut. Als er merkte, dass ich nicht mehr böse war, begann er vorsichtig zu wedeln. Und kaum hatte ich angefangen, ihn hinter den Ohren zu kraulen, war das Eis gebrochen. Puck sprang auf meinen Schoß und leckte mir hingebungsvoll über das Gesicht.

»Lass das, du Ferkel!«, schimpfte ich lachend. Dann flüsterte ich ihm ins Ohr: »Du brauchst keine Angst vor mir zu haben, hörst du? Ich tu dir nichts. Aber gepinkelt wird ab sofort draußen, okay?«

Ich holte das Serviettenpäckchen hervor, und Puck stürzte sich begeistert auf das Essen. Er schlang das Fleisch und die Kartoffeln hinunter, als hätte er tagelang nichts Vernünftiges zu fressen bekommen. Was ja vermutlich auch so war. Dann futterte er auch noch Monas Weißbrot, schlabberte zwei Schälchen Wasser und legte sich zufrieden auf den flauschigen Teppich im Wohnzimmer vor dem Sofa, wo er sich ausgiebig von Mona den Bauch kraulen ließ.

»Er ist wirklich zum Verlieben süß.« Mona lächelte verzückt. Diesen Gesichtsausdruck kannte ich sonst nur von ihr, wenn Daniel in der Nähe war. Hoffentlich wurde er nicht eifersüchtig!

»Allerdings.« Ich war gerade dabei, das vollgepinkelte Handtuch auszuspülen. Schließlich durfte das Zimmermädchen nichts merken. »Trotzdem ist es ziemlich nervig, dass er noch nicht stubenrein ist. Wir müssen unbedingt regelmäßig mit ihm rausgehen. Und dabei darf uns niemand sehen.«

»Okay«, sagte Mona. »Kein Problem.«

»Auch nachts«, fügte ich hinzu.

Jetzt machte Mona ein langes Gesicht. »Nachts?«

Ich nickte. »Sonst pinkelt uns Puck die ganze Bude voll. Am besten gehen wir jede Stunde mit ihm vor die Tür.«

Mona seufzte. »Na gut, wenn du meinst …« Plötzlich grinste sie. »Aber ein Gutes hat die Sache!«

»Und die wäre?«

Monas Grinsen wurde noch etwas breiter. »Nachts kann uns wenigstens niemand sehen!«

Ich war froh, dass sie es mit Humor nahm.

Die Frage war nur, wie lange noch.

Am nächsten Morgen war Mona und mir das Lachen vergangen. Um sechs Uhr klingelte der Wecker, zum achten Mal in dieser Nacht. Draußen ging gerade die Sonne auf. Drinnen tat sich erst mal gar nichts. Niemand rührte sich.

Schließlich murmelte Mona: »Emma, du bist dran!«

Ich befand mich noch halb in einem Traum. Er war sehr angenehm. Es ging irgendwie um Felix, und ich wollte gerne noch etwas weiterträumen, doch plötzlich spürte ich etwas Feuchtes im Gesicht. Mit einem Ruck fuhr ich hoch. Puck saß auf meinem Bauch und schlabberte begeistert über mein rechtes Ohr.

»Igitt!«, schimpfte ich. »Lass das, Puck, ich komm ja schon.«

Puck sprang vom Bett und sah mich erwartungsvoll an. Ich quälte mich unter der Decke hervor und schlüpfte gähnend in meine Flipflops, die unübersehbare Bissspuren zeigten. Puck musste sie irgendwann im Lauf der Nacht angenagt haben. Dann zog ich den Hotel-Bademantel an, den ich nach dem letzten Gassigehen (um vier Uhr morgens) einfach neben dem Bett fallen gelassen hatte. Puck stand schon neben der Terrassentür und wedelte. Er wusste inzwischen genau, was es bedeutete, wenn der Wecker klingelte.

Ich öffnete die Tür und trat auf die Terrasse. Leichter Nebel lag über dem Rasen. Die Nebelschwaden flossen ineinander, als wären sie lebendig. Es war noch kühl draußen, und ich fröstelte. Schnell wickelte ich mich fester in den Bademantel und verschränkte die Arme vor der Brust. Puck schoss an mir vorbei und drehte schwanzwedelnd eine Runde durch den Garten. Ich warf einen Blick zu den Fenstern der Nachbarzimmer, aber sie waren noch dunkel. Kein Wunder, welcher normale Mensch steht im Urlaub schon um sechs Uhr auf? Ich gähnte. Ich hätte jetzt auch lieber in meinem kuscheligen Bett gelegen. Stattdessen stand ich hier draußen herum und fror mir die Füße ab. Immerhin hatte Puck nachts nicht ins Zimmer gepinkelt, also konnten wir die Aktion wohl als Erfolg verbuchen.

Ich sah, wie Puck an der Hausecke sein Bein hob. Dann schnüffelte er interessiert an einem Rosenstrauch.

»Puck!«, rief ich leise. »Komm her!« Ich wollte so schnell wie möglich wieder ins Bett.

Aber Puck kam nicht. Ich seufzte. An seiner Erziehung musste ich unbedingt noch arbeiten. Plötzlich hob er den Kopf und stellte die Schlappohren auf. Hatte er etwas gehört?

»Puck!«, rief ich noch einmal. »Hierher, sofort!«

Puck stand ganz still und lauschte. Jetzt hörte ich auch etwas. Schritte. Sie kamen näher. Mist! Wer war denn um diese Uhrzeit schon unterwegs? Wenn es diese hochnäsige Empfangsdame war, hatte ich ein Problem. Aber eigentlich hatte sie nicht wie eine Frühaufsteherin ausgesehen.

Eine Gestalt bog um die Ecke. Puck knurrte leise und stieß ein kurzes Bellen aus. Die Gestalt blieb stehen. Sie war ganz in Weiß gehüllt und sah im morgendlichen Nebel fast wie ein Gespenst aus. Dann erkannte ich das Gesicht mit der Stupsnase und den Sommersprossen. Es war Felix! Er trug einen weißen Hotel-Bademantel, genau wie ich, und hatte sich die Kapuze über den Kopf gezogen.

Mein Herz schlug einen Purzelbaum, und ich bekam augenblicklich weiche Knie. Mit Felix hatte ich hier und jetzt am allerwenigsten gerechnet. Im ersten Moment konnte ich weder etwas sagen noch mich bewegen. Ich war wie erstarrt. Das ist das Blöde am Verliebtsein. Es überkommt einen einfach, und man kann nichts dagegen tun. Es gibt keine Medizin, keine Kur und keine Impfung. Es bleibt einem nichts anderes übrig, als zu warten, bis es vorübergeht. Und so lange kann man nur versuchen, sich nicht komplett zum Idioten zu machen.

Ich dachte an den Rat meines Spiegelbildes, atmete tief ein und zählte langsam bis zehn. Dann befahl ich meinen Beinen, über den Rasen zu laufen. Zum Glück gehorchten sie, auch wenn sie sich etwas wackelig anfühlten. Ich stellte mich schützend neben Puck, der Felix nicht aus den Augen ließ. Das Herz klopfte mir bis zum Hals, doch das sollte Felix auf keinen Fall merken. Darum ging ich sofort zum Angriff über.

»Was machst du hier?«, fuhr ich ihn an. »Spionierst du mir etwa nach?«

»Quatsch, natürlich nicht!« Felix schüttelte entrüstet den Kopf. »Ich wollte zum Strand, eine Runde schwimmen. Wie jeden Morgen.«

»Ach so.« Verflixt und zugenäht! Wie hatte ich das nur vergessen können? Ich wusste doch, dass Felix Frühschwimmer ist. Schließlich hatte ich ihn am ersten Urlaubstag höchstpersönlich im Meer getroffen. Jetzt saßen Puck und ich ganz schön in der Patsche.

»Ist das dein Hund?«, fragte Felix.

Ich nickte. »Er heißt Puck.«

»Du hast mir ja gar nichts von ihm erzählt«, wunderte sich Felix.

»Na ja … also …« Ich wippte nervös auf den Zehenspitzen. »Ich habe ihn auch noch nicht so lange. Genau genommen erst seit gestern.«

Felix zog die Augenbrauen hoch. »Seit gestern? Wie meinst du das?«

»Ich hab ihn gefunden.« Dann erzählte ich Felix die ganze Geschichte. Jetzt, wo er Puck gesehen hatte, war es sowieso egal, da konnte er auch gleich alles wissen.

Als ich fertig war, schüttelte Felix den Kopf. »Das gibt's doch nicht! Er ist einfach ausgesetzt worden? So eine Schweinerei!«

»Ja, nicht wahr?« Ich war froh, dass Felix so reagierte. Wenn er ein Herz für ausgesetzte Hunde hatte, hatten Puck und ich vielleicht noch eine Chance. »Es darf aber niemand von Puck wissen. In unserer Suite sind Hunde nämlich verboten. Wenn wir erwischt werden, fliegen wir aus dem Hotel.«

»Kein Problem, von mir erfährt niemand etwas. Ehrenwort!« Felix hob sogar die Hand mit zwei ausgestreckten Fingern wie zu einem Schwur. Dann kniete er sich hin und streichelte Puck.

»Wirklich?« Ich konnte mein Glück kaum fassen. »Aber du könntest ziemlichen Ärger bekommen, wenn die Sache auffliegt und herauskommt, dass du Bescheid wusstest.«

Felix zuckte mit den Schultern. »Ist mir egal.«

Dafür hätte ich ihn küssen können. Natürlich tat ich es nicht. Puck schien Felix auch zu mögen. Er leckte ihm begeistert die Finger ab. Mir war ja sofort klar gewesen, dass dieser Hund eine wirklich gute Menschenkenntnis hat.

Felix erhob sich wieder. »Ihr solltet jetzt besser reingehen. Bald laufen hier die ersten Gäste rum.«

Ich nickte. Aber eine Sache musste ich vorher unbedingt klären. Ich holte tief Luft und fragte: »Warum bist du gestern eigentlich so plötzlich abgehauen?«

Felix starrte verlegen auf seine Füße. »Äh … na ja … ich musste arbeiten. Das hatte ich komplett verschwitzt.«

»Ehrlich?« Ich ließ ihn nicht aus den Augen. »Und es hatte nichts mit diesem Mädchen zu tun?«

Felix lief knallrot an. »Mit welchem Mädchen?«

»Das Mädchen vom Segelschiff! Du hast gesagt, du kennst sie nicht, dabei wohnt sie hier im Hotel. Du hast sie garantiert schon mal gesehen.«

»Kann sein«, murmelte Felix. »So genau weiß ich das nicht. Ich kann mir schließlich nicht jedes Gesicht merken …«

Irgendetwas stimmte nicht, das spürte ich ganz genau. Aber ich hatte keine Ahnung, was. Hatte Felix etwa ein Geheimnis?

»Das war jedenfalls ziemlich blöd von dir«, sagte ich. »Wenn du dich mit mir langweilst oder ich zu viel quatsche, kannst du es einfach sagen. Ich komm schon damit klar.«

Felix hob mit einem Ruck den Kopf. »Nein, nein, so war es nicht. Dass ich wegmusste, hatte nichts mit dir zu tun.

Ganz ehrlich! Ich fand's toll mit dir. Ich hab lange nicht mehr so viel Spaß gehabt.«

Jetzt war ich diejenige, die rot wurde. Mein Mund verzog sich ganz von allein zu einem breiten Grinsen, und in meinem Kopf trällerte es: *Felix mag mich, tralala, er ist gern mit mir zusammen, tralala, er findet mich nicht langweilig, tralala, er mag mich, er mag mich, er mag mich …*

Ich räusperte mich. »Okay. Dann hätten wir das ja geklärt. Ich gehe jetzt lieber wieder rein.« In einigen Fenstern war inzwischen das Licht angegangen. Bald würden sich die ersten Gäste auf den Weg zum Frühstück machen.

Ich wollte mich gerade umdrehen, da rief Felix: »Emma, warte!« Er fuhr sich verlegen durch seine strubbeligen Haare. »Heute Nachmittag hätte ich Zeit. Hast du Lust, etwas mit mir zu unternehmen?«

Mein Mund war plötzlich ganz trocken. »Was denn?«, krächzte ich.

Felix zuckte mit den Schultern. »Wie wär's mit einer Radtour? Um drei vor dem Hotel?«

Ich nickte. Sagen konnte ich nichts. Dann drehte ich mich um und ging zurück zu unserer Suite. Puck folgte mir ganz von allein. Brav trippelte er durch die Terrassentür, ohne dass ich ihn ein einziges Mal rufen musste. Ich schloss die Tür und zog die Vorhänge vor. Dann legte ich einen kleinen Freudentanz aufs Parkett. Puck betrachtete mich mit schief gelegtem Kopf.

»Heute Nachmittag machen wir einen Ausflug!«, flüsterte ich ihm zu, um Mona nicht zu wecken, die immer noch leise schnarchend in ihrem Bett lag. »Was für ein Glück, dass du noch nicht stubenrein bist!«

Manchmal weiß man erst hinterher, wozu etwas gut ist. Wenn Puck nicht aufs Parkett gepinkelt hätte, wären Mona und ich nachts nicht jede Stunde mit ihm rausgegangen. Und wenn ich nicht mit Puck Gassi gegangen wäre, hätte ich Felix nicht getroffen. Dann wäre ich immer noch sauer auf ihn, und wir würden heute Nachmittag keine Radtour machen …

Wer hätte gedacht, dass Pucks Pipipfütze in Wirklichkeit ein Wink des Schicksals war?

11. Kapitel
Fahrt ins Blaue

»Wohin fahren wir eigentlich?«, rief ich Felix zu, der vor mir auf seinem Fahrrad saß und ordentlich in die Pedale trat. An seinem Lenker war eine kleine bunte Plastikwindmühle befestigt, die sich surrend im Fahrtwind drehte.

Er wandte sich kurz um: »Lass dich überraschen!«

Um kurz nach drei waren wir losgefahren. Ich hatte mir im Hotel ein Fahrrad gemietet. Es war ein blaues Holland-Rad mit Fünfgangschaltung, das viel leichter zu fahren war als mein Fahrrad zu Hause. Das hatte ich von Bastian zum Geburtstag geschenkt bekommen. Er hatte es gebraucht gekauft und eigenhändig angemalt. Ich hatte mich wahnsinnig darüber gefreut. Aber an Bastian wollte ich jetzt nicht denken.

Vor mir im Fahrradkorb saß Puck und betrachtete neugierig die Landschaft. Seine Schlappohren flatterten im Wind. Das sah lustig aus. Ich hatte den Korb mit einer Decke ausgepolstert, und Puck schien es ganz bequem zu finden.

Wir hatten den Ort verlassen und fuhren über einen gepflasterten Weg, der direkt am Deich entlangführte. Der Deich war mit saftig grünem Gras bewachsen, auf dem Schafe weideten. Puck bellte sie an, aber die Schafe ließen sich nicht stören. Sie mampften einfach weiter, als wären sie allein auf der Welt.

Eine leichte Brise wehte vom Meer herüber. Sie roch nach Salz und Seetang. Am Himmel zogen harmlose Gutwetter-Wolken vorbei, die sich ab und zu vor die Sonne schoben und für angenehmen Schatten sorgten. Es war der perfekte Tag für eine Radtour. Das fanden die anderen Urlauber offenbar auch, denn auf dem Radweg war ordentlich Verkehr. Andauernd kamen uns Radfahrer entgegen – Familien mit kleinen Kindern, ältere Ehepaare auf soliden Trekking-Rädern und ganze Seniorengruppen –, oder es klingelte hinter uns, weil jemand überholen wollte.

Nachdem wir ungefähr eine Viertelstunde geradelt waren, bog Felix auf einen schmalen Weg ab, der zwischen Feldern und Wiesen entlangführte. Hier war nicht mehr so viel los, und wir konnten nebeneinanderfahren.

»Dieser Weg ist zwar etwas holprig, aber dafür ist er nicht so stark befahren«, erklärte Felix. »Die meisten Touristen nehmen lieber den gut ausgebauten Deich-Radweg.«

»Du kennst dich ja bestens aus hier«, sagte ich. »Deine Familie wohnt aber nicht in Wattenbüll, oder?«

»Nein.« Sofort wurde Felix wieder einsilbig, wie immer, wenn die Rede auf seine Familie kam. Seine Eltern mussten ihm wirklich ganz schön peinlich sein. Das konnte ich gut verstehen. Meine Eltern sind mir auch oft peinlich. Vor allem Mama. Wenn sie in aller Öffentlichkeit mit Thomas herumknutscht, könnte ich jedes Mal im Erdboden versinken.

»Hast du ein Zimmer im Hotel?«, fragte ich weiter. Ich wollte endlich ein bisschen mehr über Felix erfahren.

»Äh … ja, genau«, antwortete er.

»Dann siehst du deine Eltern nicht so oft, was?« Ich

stellte es mir ziemlich traurig vor, die ganzen Sommerferien mutterseelenallein in einem Hotel zu schuften. Felix konnte einem wirklich leidtun.

»Ich sehe sie oft genug«, murmelte er. Wahrscheinlich wollte er nicht zugeben, dass er sich manchmal einsam fühlte. Jungs können ihre Gefühle nicht so gut ausdrücken, das weiß ich von Gesa. Sie sagt immer: »Männer und ihre Gefühle, das ist ein Kapitel für sich!«

»Kann ich dich mal besuchen kommen?«, fragte ich. »Ich würde gerne sehen, wie du so wohnst.«

»Lieber nicht«, wehrte Felix ab. »Mein Zimmer ist winzig, da würden wir uns nur gegenseitig auf die Füße treten.«

»Das stört mich nicht. Außerdem kann ich mich ganz klein machen, wenn ich will. So wie Puck.« Puck hatte sich im Fahrradkorb zu einer Kugel zusammengerollt und hielt ein Nickerchen.

»Bei mir ist aber nicht aufgeräumt«, sagte Felix. »Es sieht total chaotisch aus, das kann ich dir wirklich nicht zumuten.«

»Kein Problem.« Ich grinste. »Du müsstest mal mein Zimmer zu Hause sehen. Mama betritt den Dachboden nur noch, wenn es unbedingt sein muss, weil sie das Chaos nicht erträgt. Schlimmer kann es bei dir auch nicht sein.«

Felix grinste schief. »Du lässt nicht so schnell locker, was?«

»Ich lasse nie locker«, sagte ich. »Ich gehe den Dingen immer auf den Grund.«

Felix sah aus, als hätte er plötzlich Magenschmerzen bekommen. Und ich hatte wieder das Gefühl, dass etwas nicht in Ordnung war. Aber ehe ich nachfragen konnte, streckte er den Arm aus und zeigte auf einen hohen, rot-weiß gestreiften Turm, der in einiger Entfernung auf dem Deich stand.

»Das ist der alte Wattenbüller Leuchtturm«, sagte Felix. »Dorthin fahren wir.«

Als wir näher kamen, sah ich, dass die rot-weiße Farbe an vielen Stellen abblätterte. Darunter kamen Rostflecken zum Vorschein.

»Der Leuchtturm ist nicht mehr in Betrieb«, erklärte Felix. »Er verfällt langsam. Darum finden auch keine Besichtigungen mehr statt, und es kommen kaum noch Touristen her. Wenn man seine Ruhe haben will, gibt es keinen besseren Platz.«

Wir radelten über eine holprige Schotterpiste zum Leuchtturm. Er stand auf einem kleinen, mit Gras bewachsenen Hügel und erhob sich majestätisch über den Deich und das Meer. Wir stellten unsere Fahrräder ab, und ich hob Puck aus dem Korb. Kaum hatte ich ihn auf den Boden gesetzt, rannte er los und erkundete die Gegend.

»Komm!« Felix nahm einen großen Korb vom Gepäckträger und führte mich um den Leuchtturm herum. Auf der Meerseite befand sich eine Art Terrasse. Zwischen den verwitterten Steinen wuchsen Grasbüschel, und überall lagen Schafsköttel herum. Aber es gab eine morsche Holzbank, die an der Fassade des Leuchtturms lehnte.

Ich setzte mich auf die Bank, während Felix in seinem Korb wühlte. Die Wolken zogen wie dicke, bauschige Wattekugeln über den Himmel, und die Sonne schien mir warm ins Gesicht. Abgesehen vom Schreien der Möwen war es ganz still. Es herrschte Ebbe, und das Meer hatte sich zurückgezogen. Ganz hinten am Horizont glitzerte das Wasser mit seinen kleinen weißen Schaumkronen in der Sonne. Vor uns breitete sich das Wattenmeer aus. Der dunkle Schlick glänzte feucht, und hier und da waren große Pfützen übrig geblieben. Oma hatte mir erklärt, dass man diese Pfützen Priele nannte. Darüber kreisten Möwen auf der Suche nach Krebsen, kleinen Fischen und anderem Futter.

»Es ist wirklich wunderschön hier«, sagte ich.

Felix lächelte. »Ja, nicht wahr? Der alte Leuchtturm ist mein Lieblingsplatz in Wattenbüll.«

»Kommst du oft her?«

Felix nickte. »Immer wenn ich meine Ruhe haben will oder einfach nur nachdenken möchte.« Er breitete ein weißes Tuch zwischen uns auf der Bank aus und begann, den Korb auszuräumen.

Meine Augen wurden immer größer, während Felix die tollsten Leckereien auftischte. Es gab frische Erdbeeren, Weintrauben und duftende Pfirsiche, Blaubeer-Muffins, Nussecken, Rosinenschnecken, eine Tüte Gummibärchen, unterschiedlich belegte Sandwiches und einen Mini-Schokoladenkuchen.

»Das reicht ja für eine ganze Reisegruppe«, stellte ich beeindruckt fest.

»Ich wusste nicht, was du magst«, sagte Felix entschuldigend. »Darum habe ich von allem etwas genommen.« Als Letztes holte er eine große Thermoskanne, zwei Becher und zwei Teller aus dem Korb. »Möchtest du einen Kakao?«

Ich nickte. »Gerne. Eine tolle Idee, hier ein Picknick zu machen. Aber du hättest nicht so viel einkaufen sollen. Das hat doch bestimmt furchtbar viel Geld gekostet, oder?«

»Halb so wild.« Felix goss dampfenden Kakao in die Becher und reichte mir einen. »Prost!«

Wir stießen an und tranken. Der Kakao schmeckte ausgesprochen lecker. Schön süß und schokoladig, genau so, wie ich ihn mag.

»Bedien dich!« Felix machte eine einladende Handbewegung.

Das ließ ich mir nicht zweimal sagen. Allerdings fiel mir die Auswahl bei so vielen tollen Sachen nicht leicht. Ich beschloss, mit einem Stück Schokoladenkuchen anzufangen.

»Der ist nicht schlecht«, nuschelte ich mit vollem Mund, nachdem ich einen großen Bissen genommen hatte. »Fast so gut wie der von meiner Oma. Sie backt den besten Schokoladenkuchen der Welt.«

»Deine Oma ist ziemlich cool, oder?«, fragte Felix. »Ich meine, allein schon weil sie mit dir in den Urlaub fährt.«

Ich nickte. »Ja, Oma ist toll. Sie hat immer Zeit für mich, und ich kann ihr alles erzählen.«

»Weiß sie eigentlich von Puck?«, erkundigte sich Felix.

Ich biss mir auf die Unterlippe und schüttelte den Kopf. »Nein, ich wollte nicht, dass sie sich aufregt. Sie hat ein schwaches Herz und muss sich schonen.«

Felix hatte zielsicher meinen wunden Punkt getroffen. Ich fühlte mich ziemlich mies, weil ich Oma nichts von Puck erzählt hatte. Doch ich war mir nicht sicher, ob sie mir erlaubt hätte, Puck heimlich ins Hotelzimmer zu schmuggeln. Was, wenn sie darauf bestanden hätte, nach Pucks Besitzer zu suchen? Oder ihn im Tierheim abzuliefern?

Felix trank einen Schluck Kakao und nahm sich ein Käse-Sandwich. »Aber wenn du Puck mit nach Hause nehmen willst, musst du sowieso spätestens am Ende eures Urlaubs mit deiner Oma reden.«

Ich seufzte. »Ich weiß.« Und genau das machte mir zu schaffen. Wie würde Oma reagieren, wenn sie von Puck erfuhr? Ob sie sehr sauer war, weil Mona und ich ihr die Sache verheimlicht hatten? Und ob sie erlauben würde, dass ich Puck mit nach Hause nahm?

Es gibt drei Dinge, die Oma absolut nicht ausstehen kann: Bergwandern, Brathering mit Zwiebeln und Unehrlichkeit. Aber wir hatten Oma ja nicht angelogen, sondern ihr bloß etwas verschwiegen. Zu ihrem eigenen Besten. Das musste sie doch einsehen, oder?

Felix schien zu merken, dass ich mich nicht wohl in meiner Haut fühlte. Er versuchte, mich aufzumuntern. »Mach dir keine Sorgen. Deine Oma versteht das bestimmt. Und wenn nicht, hat Puck sie sowieso in null Komma nichts um den kleinen Finger gewickelt.«

Ich sah zu Puck hinüber, der gerade aufgeregt bellend ein Kaninchen jagte. Natürlich hatte er keine Chance. Das Kaninchen hängte ihn locker ab und verschwand in seinem unterirdischen Bau. Es sah so putzig aus, wie Puck verdattert stehen blieb, als das Kaninchen plötzlich wie vom Erdboden verschluckt war, dass ich lächeln musste. Felix hatte recht. Oma würde Puck lieben. Trotzdem hätte ich die Stunde der Wahrheit gerne schon hinter mir gehabt.

Ich nahm einen Muffin und knabberte eine dicke Blaubeere ab. »In vier Tagen fahren wir schon wieder zurück.«

»So bald?« Felix sah plötzlich traurig aus. »Dabei haben wir uns doch gerade erst kennengelernt.«

»Stimmt, als du die Handtücher in den Dreck geworfen hast.« Ich kicherte.

Felix grinste schief. »Haha, sehr witzig! Das wirst du mir wahrscheinlich noch ewig vorhalten, oder?«

»Darauf kannst du Gift nehmen«, sagte ich. »In diesem Moment hast du mich bestimmt verflucht, nicht wahr?«

Felix schüttelte den Kopf. »Nein, eigentlich nicht. Ich hab gedacht: Da drüben sitzt das tollste Mädchen, das du je gesehen hast, Felix!«

Ich schluckte. »Ehrlich?«

Felix nickte ernst. Von seinem Blick bekam ich eine Gänsehaut. Ich merkte, wie mir heiß wurde und die Röte meinen Hals hinaufkroch. Mein Herz hämmerte wie verrückt. Am liebsten hätte ich laut gejubelt und wäre Felix vor lauter Glück um den Hals gefallen. Gleichzeitig wünschte ich mich ganz weit weg. Irgendwohin, wo ich nicht wie eine hochrote Tomate auf einer Bank saß und kurz davor war, in Ohnmacht zu fallen. Felix beugte sich langsam zu mir herüber. Sofort brauste ein Sturm in meinem Kopf auf und wirbelte meine Gedanken durcheinander. Wollte er mich etwa küssen? Und ich? Wollte ich ihn küssen? Ich war mir da nicht so sicher. Aber vielleicht wollte er sich ja auch bloß noch ein Sandwich nehmen …

Ich hielt die Luft an, bis mir schwindelig wurde.

Puck war meine Rettung. Er hatte offenbar genug von der Kaninchenjagd und interessierte sich jetzt für unser Picknick. Mit zuckender Nase schnupperte er an dem Muffin in meiner Hand. Ich war so durcheinander, dass ich erst reagierte, als Puck sich den Muffin schnappte und davonrannte.

Erstaunt sah ich von meiner leeren Hand zu Puck, der sich fröhlich mampfend im Gras niedergelassen hatte. In sicherer Entfernung natürlich. Es war, als würde ich aus einer Narkose erwachen. Alles sah etwas verschwommen aus, und ich fühlte mich merkwürdig müde. Gleichzeitig kribbelte es am ganzen Körper, als hätte mir jemand Juckpulver in die Unterwäsche gestreut.

Ich schüttelte den Kopf und blinzelte, um den Schleier vor meinen Augen zu vertreiben. »So ein Schlingel.«

Felix lachte. »Er weiß, was er will. Genau wie du.«

In diesem Moment wusste ich leider überhaupt nicht, was ich wollte. Wollte ich Felix küssen? Oder einfach vergessen, was er gerade gesagt hatte, und so tun, als wären wir nur gute Freunde? Oder mir erst mal einen neuen Muffin nehmen?

Ich entschied mich für die letzte Möglichkeit, weil man mit vollem Mund nicht zu sprechen braucht. Ich hätte gerade beim besten Willen nicht gewusst, was ich sagen sollte. Ich bin nicht besonders gut in so was. Was bei anderen romantisch und toll klingt, hört sich bei mir einfach nur peinlich an. Darum hielt ich lieber den Mund.

Der richtige Moment für Küsse oder Liebesgeständnisse war sowieso vorbei. Puck fraß den Muffin samt Papier und schmatzte dabei so laut, dass der letzte Rest Romantik von einer salzigen Brise davongeweht wurde. Der Wind kühlte meine heißen Wangen, und das kribbelige Gefühl wurde allmählich weniger. Aber ein kleiner Rest Kribbeln blieb. Ich spürte es ganz genau, besonders wenn ich Felix ansah. Dann hüpfte mein Herz vor Freude, und mir wurde ein bisschen schwindelig. Es war eindeutig: Ich war tatsächlich in Felix verliebt, und zwar nicht zu knapp.

Nachdenklich biss ich von meinem Muffin ab. Was für eine ärgerliche Sache! Doch es war nun einmal, wie es war. Und ich musste irgendwie damit zurechtkommen. Aber wie? Eigentlich hatte ich nach der Geschichte mit Bastian keine Lust, mich gleich schon wieder mit diesem stressigen Liebeskram herumzuärgern. Außerdem war unser Urlaub in ein paar Tagen sowieso zu Ende, und wir würden wieder nach Hause fahren. Felix würde seinen Job im Hotel beenden und zu seinen Eltern zurückkehren – wo auch immer sie wohnten. (Ob sie keinen festen Wohnsitz hatten? Wollte Felix deshalb nicht über sie reden? Vielleicht waren sie ja beim Zirkus. Oder sie hatten ein Fahrgeschäft, mit dem sie von Kirmes zu Kirmes reisten. Ein Kettenkarussell zum Beispiel. Oder ein Riesenrad. Meine Phantasie schlug mal wieder Purzelbäume …)

Am besten beendete ich die Angelegenheit, bevor sie angefangen hatte. Das mit Felix und mir würde nie und nimmer funktionieren. Vielleicht konnten wir ja Brieffreunde werden. Das Dumme war nur, dass ich total ungern Briefe schrieb. Echt wahr! Also lieber doch keine Brieffreundschaft.

Ein greller Klingelton riss mich aus meinen Grübeleien.

Er klang in der Stille des Wattenmeers ungefähr so passend wie eine Karnevalskapelle bei einer Beerdigung.

»Mist!« Felix zog sein Handy aus der Hosentasche. Es war ein schwarz glänzendes Teil mit Touchpad. Ich kenne mich mit Handys nicht so aus, aber es sah genauso aus wie das neue Handy von Lea, meiner Ex-besten-Freundin. Sie hatte es kurz vor den Sommerferien stolz in der ganzen Klasse herumgezeigt und damit angegeben, wie toll und teuer es gewesen war. Ich ärgerte mich jetzt noch darüber, wenn ich daran dachte. Als ob es irgendwen interessierte, was für ein Handy Lea hatte. (Na ja, genau genommen hatte es schon ein oder zwei Leute aus unserer Klasse interessiert. Mich eingeschlossen, aber das hatte ich mir natürlich nicht anmerken lassen. Mama fand Handys völlig überflüssig und weigerte sich stur, mir eins zu kaufen. Dass ich die Letzte in meiner Klasse – und wahrscheinlich sogar in der ganzen Schule – ohne eigenes Handy war, schien ihr vollkommen egal zu sein. Ich sage nur: Mütter!)

Während Felix telefonierte, fragte ich mich, wie er sich so ein teures Ding leisten konnte. Aber vielleicht jobbte er ja gerade deshalb, weil seine Eltern ihm solche Sachen nicht kaufen konnten. Trotzdem war es irgendwie merkwürdig …

Felix' Telefonat verlief sehr einseitig. Während am anderen Ende jemand wortreich redete, war er kurz angebunden.

»Hallo? … Ja … Nein … Warum denn? … Muss das sein? … Na gut … Bis dann.« Sein Gesichtsausdruck hatte sich im Lauf des Gesprächs immer mehr verdüstert.

»Schlechte Nachrichten?«, fragte ich, als er das Handy wegsteckte.

Felix nickte. »Ich muss leider los. Tut mir leid.«

Ich runzelte die Stirn. »Was ist denn passiert?«

»Es hat … na ja … es hat offensichtlich ein Missverständnis gegeben …«

»Ein Missverständnis?« Ich verstand kein Wort. »Was soll das heißen?«

Er wich meinem Blick aus und fuhr sich durch seine strubbeligen Haare. »Äh … ein Missverständnis beim Arbeitsplan. Ich dachte, ich hätte heute Nachmittag frei, aber jetzt ist ein Kollege nicht gekommen, und ich muss für ihn einspringen.«

Ich runzelte die Stirn. »Was denn nun? Hast du dich vertan, oder ist der Kollege nicht gekommen?«

»Beides … irgendwie …« Felix packte eilig die Reste des Picknicks zusammen. Puck sah enttäuscht zu, wie die leckeren Sachen wieder im Korb verschwanden. »Tut mir wirklich leid, das ist total blöd gelaufen. Bist du jetzt sauer?« Felix warf mir einen schnellen Blick zu, während er die Teller aufeinanderstapelte.

Ich zuckte mit den Schultern und versuchte, unbekümmert zu lächeln. »Quatsch, wieso denn? Arbeit geht nun mal vor.«

In Wirklichkeit hatte ich keine Ahnung, was ich davon halten sollte, dass Felix mich nun schon zum zweiten Mal sitzen ließ. Erst gab er sich solche Mühe mit dem Picknick, und dann musste er plötzlich los. Ob es wirklich sein Chef gewesen war, der gerade angerufen hatte? Die Stimme am anderen Ende hatte eher weiblich geklungen.

Aber vielleicht hatte er ja eine Chefin. Trotzdem fiel es mir schwer, ihm zu glauben. Mein Gefühl sagte mir, dass er log.

Als Letztes stopfte Felix das weiße Tischtuch zurück in den Korb und stand auf. »Kommst du mit zurück?«, fragte er.

Ich schüttelte den Kopf. »Nein, ich bleibe noch ein bisschen hier.«

Felix nickte langsam. Einen Moment stand er unschlüssig mit dem Korb in der Hand vor mir. Erst dachte ich, er wollte noch etwas sagen, aber dann zuckte er nur mit den Schultern und verabschiedete sich schnell. »Tschüss, Emma. Wir sehen uns!«

Als er um den Leuchtturm gebogen war, sackte ich in mich zusammen und stützte das Kinn in die Hände. Mein Kopf war ganz schwer von den vielen verwirrenden Gedanken. Eine merkwürdige Traurigkeit hatte sich in mein Herz geschlichen, und ich fühlte mich plötzlich sehr einsam.

Puck kam zu mir und stupste mich aufmunternd mit der Schnauze an, als wollte er sagen: »Hey, lass dich nicht so hängen, ich bin doch auch noch da!«

Ich seufzte und kraulte Puck hinter den Ohren. »Du hast ja recht. Es bringt nichts, sich wegen irgendwelcher Jungs den Kopf zu zerbrechen. Ich kapier sowieso nicht, wie die ticken.«

Puck bellte zustimmend. Und ich musste trotz allem lachen.

12. Kapitel

Noch eine Überraschung

Für den Rückweg brauchte ich fast doppelt so lange wie für den Hinweg. Wahrscheinlich war ich vor lauter Grübelei irgendwo falsch abgebogen. Außerdem hatte ich Gegenwind, und die Radwege sahen alle gleich aus: auf der einen Seite der Deich und auf der anderen Seite Wiesen. Gras, Gras und noch mal Gras. Woran sollte man sich denn da orientieren?

Felix ging mir einfach nicht aus dem Kopf. Ständig sah ich sein Gesicht vor mir. Wie er lachte, die Stirn runzelte, mich ernst ansah oder rot wurde. Sofort begannen die Schmetterlinge in meinem Bauch zu tanzen, und mir wurde so schwindelig, dass ich fast vom Rad fiel.

Du bist das tollste Mädchen, das ich je gesehen habe!

Ob Felix das wirklich ernst gemeint hatte? Das war ja fast schon eine richtige Liebeserklärung! Ich überlegte, ob Bastian mir jemals etwas so Nettes gesagt hatte, aber ich konnte mich nicht erinnern. Wahrscheinlich nicht. Wie alle Jungs hatte auch Bastian Probleme damit, seine Gefühle auszudrücken. Bloß mit dem Schlussmachen hatte er keine Probleme gehabt. Zum Glück tat es jetzt nicht mehr weh. Ich war über Bastian hinweg. Endgültig. Aber dass Felix nun schon zum zweiten Mal völlig überstürzt abgehauen war, machte mich fertig. Es fühlte sich an wie feine Nadelstiche mitten ins Herz. Und ich konnte nichts dagegen tun. Gar nichts.

Als ich beim Hotel ankam, hielt ich zuerst vor dem Gästehaus und brachte Puck so unauffällig wie möglich zurück in unsere Suite. Dann schob ich das Fahrrad zum Vordereingang, stellte es in einen der Fahrradständer und schloss ab. Als ich gerade den Schlüssel einsteckte, kam eine Frau durch den Hotelgarten auf mich zu. Sie winkte fröhlich, und ich bekam kugelrunde Augen.

»Gesa?«, fragte ich ungläubig. »Was machst du denn hier?«

»Urlaub natürlich, was sonst?« Gesa grinste. Sie trug einen lila Badeanzug und ein bunt gemustertes Tuch um die Hüfte, das wie ein Rock aussah. »Ich wollte gerade schwimmen gehen. Kommst du mit?«

Ich schüttelte den Kopf. »Ich hab eine Radtour gemacht, und jetzt tun mir ganz schön die Beine weh.« In Wirklichkeit wollte ich Puck nicht so lange allein lassen. Wer wusste schon, was er dann wieder für Unsinn anstellte? »Und was ist mit der Wellness-Woche im Gesundheitszentrum?«, erkundigte ich mich. »Organisiert Mama die jetzt alleine?«

»Nein.« Gesa seufzte. »Die Wellness-Woche fällt aus. Es haben sich nicht genug Leute angemeldet. Darum haben Lia und ich beschlossen, erst mal eine Woche Ferien zu machen und zu euch ans Meer zu fahren. Eigentlich gar nicht schlecht, dass es so gekommen ist. Ich bin echt urlaubsreif.«

»Mama ist auch hier?«, fragte ich. »Mit Lili?« Das waren ja prima Neuigkeiten! Ich konnte es kaum erwarten, Lili zu sehen. Bestimmt war sie in den letzten Tagen ordentlich gewachsen.

Gesa nickte. »Wir haben uns in einer kleinen Frühstückspension eingemietet. Sie liegt gleich nebenan. Das Hotel war uns dann doch zu teuer. Lia, Thomas und Lili haben ein Familienzimmer, und ich habe das letzte Einzelzimmer bekommen. Wir hatten wirklich Glück, dass so kurzfristig noch etwas frei war. Schließlich ist gerade Hauptsaison.«

»Thomas ist auch mitgekommen?« Meine gute Laune verpuffte. »Was will der denn hier?«

Gesa zuckte mit den Schultern. »Dasselbe wie wir alle, schätze ich. Ein bisschen ausspannen. Und natürlich Zeit mit deiner Mutter verbringen. Die beiden sind jetzt ein Paar, Emma. Du solltest das endlich akzeptieren.« Gesa winkte mir zu. »Wir sehen uns beim Abendessen. Bis später!«

An diesem Abend waren wir zu acht im Speisesaal. Oma hatte Mama, Gesa, Thomas und Lili zum Essen ins Hotel eingeladen. Lili aß natürlich noch nicht richtig mit. Sie bekam Haferbrei mit Apfelmus. Der Kellner musste einen zweiten Tisch heranrücken, weil wir nicht mehr alle an unseren Fenstertisch passten. Ich hatte Lili auf dem Schoß und drückte sie an mich. Sie war tatsächlich ein Stück gewachsen (zumindest kam es mir so vor) und quietschte fröhlich, während sie mit einem silbernen Löffel auf den Tisch schlug.

Mama und Thomas saßen mir gegenüber. Mama hatte sich extra schick gemacht. Sie trug das geblümte Sommerkleid, das sie sich für ihren Geburtstag gekauft hatte, und ihre neuen Riemchensandalen. Außerdem hatte sie sich die Haare hochgesteckt und ein bisschen Make-up aufgelegt.

Thomas sah sie die ganze Zeit verliebt von der Seite an. Er erinnerte mich an einen Hund, der neben einem besonders leckeren Knochen sitzt. Wahrscheinlich schlabberte er darum auch andauernd an Mama herum. Mal küsste er sie aufs Ohr, dann auf die Schulter und zwischendurch natürlich auf den Mund.

»Vorsicht, mein Lippenstift!«, sagte Mama kichernd.

»Weißt du eigentlich, dass du die schönste Frau hier im Saal bist?«, fragte Thomas.

Ich verdrehte die Augen. »Natürlich weiß sie das. Du hast es ihr in der letzten halben Stunde ja schon dreimal gesagt.«

»Solche Komplimente kann man gar nicht oft genug hören!« Mama überprüfte den Sitz ihrer Hochsteckfrisur und blickte Thomas dabei tief in die Augen.

Ich konnte kaum hinsehen. Dieses Geturtel war einfach nur peinlich. Erstens war Thomas viel zu jung für meine Mutter, zweitens war er ein Idiot, und drittens waren die beiden keine Teenager mehr. Sie benahmen sich ja schlimmer als die Pärchen in meiner Klasse, die ständig Händchen hielten und sich pro Schulstunde fünf Liebesbriefchen schickten. Also wirklich, wenn das nicht albern war!

Der Kellner brachte die Getränke. Die Erwachsenen hatten zur Feier des Tages Sekt bestellt. Tim, Mona und ich bekamen Orangensaft.

Oma hob ihr Glas. »Auf unseren gemeinsamen Urlaub! Ich finde es toll, dass wir nun zu acht sind. Wer hätte das gedacht!«

Wir stießen an.

Tim stellte sein Glas ab und grinste. »Jetzt ist die Chaos-Familie fast komplett.«

»Fehlt nur noch Klaus.« Mama seufzte und bekam sofort Sorgenfalten auf der Stirn. »Hoffentlich sind Nadine und er gut in Dänemark angekommen. Eigentlich wollte Klaus sich ja melden, wenn sie da sind, aber bisher habe ich nichts von ihm gehört. Ich hab nicht mal die Adresse von dem Campingplatz, auf dem die beiden zelten wollten!«

Thomas tätschelte Mamas Arm. »Glaub mir, Klaus kommt schon klar. Und dass er sich in seinem Alter nicht andauernd bei dir meldet, ist ganz normal. Eigentlich ist es sogar ein gutes Zeichen. Solange du nichts von ihm hörst, ist alles in Ordnung.«

»Meinst du?«, fragte Mama.

Thomas nickte. »Ganz sicher.«

»Schade, dass Papa nicht hier ist«, sagte ich und sah Thomas dabei direkt an. »Dann wäre wirklich die ganze Familie zusammen.«

Thomas erwiderte meinen Blick, ohne mit der Wimper zu zucken. Er ließ sich nicht so leicht aus der Ruhe bringen, das musste ich ihm lassen.

Dafür waren Mamas Lippen schmal geworden, wie immer, wenn sie sich über etwas ärgert. »Dein Vater muss arbeiten, Emma, und das ist auch besser so«, sagte sie spitz. »Dann ist es ihm vielleicht bald wieder möglich, den Unterhalt für euch Kinder zu bezahlen. Bisher habe ich leider noch keinen Cent von ihm gesehen.«

Gesa schnalzte missbilligend mit der Zunge. »Typisch Mann! Rudi könnte wirklich etwas mehr Verantwortung übernehmen. Erst vier Kinder in die Welt setzen und dann nicht zahlen, das ist einfach das Letzte.«

Ich platzte fast vor Wut. »Papa macht das doch nicht mit Absicht!«, fuhr ich Gesa an. »Er hat eben gerade kein Geld, weil seine Arbeit so schlecht bezahlt wird.«

»Hat er dir das erzählt?« Gesa sah mich beinahe mitleidig an. »Manche Leute haben es wirklich raus, die Tatsachen zu verdrehen.«

Mama schüttelte den Kopf. »Unglaublich, dass er jetzt auch noch anfängt, die Kinder zu manipulieren. Dabei weiß er doch ganz genau, dass ich jeden Cent dreimal umdrehen muss. Wenn unsere Kurse nicht bald wieder besser besucht werden, können wir das Gesundheitszentrum dichtmachen. Manchmal frage ich mich wirklich, wie es weitergehen soll ...«

»Jetzt genieß doch erst mal den Urlaub«, sagte Oma beschwichtigend. »Der Rest wird sich schon finden. Irgendwie geht es immer weiter.«

»Gertrud hat recht.« Thomas legte den Arm um Mamas Schultern. »Du brauchst dringend ein bisschen Erholung – und zwar, ohne ständig über die Zukunft nachzudenken.«

»Das sagt sich so leicht ...« Mama seufzte.

»Du schaffst das schon«, sagte Thomas. »Ich werde persönlich für deine Ablenkung sorgen.«

Ein Lächeln erschien auf Mamas Gesicht, während Thomas ihr einen Kuss aufs Ohr schmatzte. Ich verdrehte die Augen. Keine Ahnung, wie die anderen dabei so ruhig bleiben konnten. Peinlicher ging es doch wirklich nicht! Wenn ich nicht Lili auf dem Schoß gehabt hätte, wäre ich vermutlich einfach aufgesprungen und weggerannt. Dieser Thomas hatte hier nichts verloren! Wirklich dreist, sich einfach in unseren Familienurlaub zu drängeln.

Der Kellner kam zurück und servierte die Vorspeise: Kürbis-Möhren-Suppe mit frischer Kresse und Sahnehäubchen.

»Stammen die Möhren aus biologischem Anbau?«, erkundigte sich Gesa.

»Natürlich.« Der Kellner verschränkte die Hände hinter dem Rücken. »In unserer Küche werden ausschließlich Bio-Produkte verwendet.«

»Sehr gut.« Gesa machte ein zufriedenes Gesicht. »Und die Nahrungsmittel kommen hier aus der Region, nehme ich an? Unnötige Lebensmittel-Transporte unterstütze ich nämlich nicht. Sie sind der Grund, warum viel zu viele Lastwagen unsere Straßen verstopfen und die Luft mit ihren Abgasen verpesten.«

Der Kellner lächelte etwas verunsichert. Er hatte rotblonde Haare und einen Pickel auf der Stirn. Wahrscheinlich ein Auszubildender. »Woher die Produkte genau stammen, weiß ich leider nicht. Aber ich kann gerne in der Küche nachfragen.«

Gesa nickte. »Tun Sie das. Außerdem hätte ich gern ein vegetarisches Hauptgericht. Ich esse weder Fisch noch Fleisch. Was können Sie mir empfehlen?«

»Wir hätten heute Waldpilzravioli mit Mangold in Balsamicosoße im Angebot«, sagte der Kellner. »Oder Broccoli-Gratin mit Kräutern aus dem Bauerngarten.«

»Ich nehme die Ravioli«, sagte Gesa. »Aber ohne Mangold. Und nicht zu viel Balsamico, das übersäuert den Magen. Dazu ein stilles Mineralwasser, bitte.«

»Und könnten Sie das hier ein bisschen aufwärmen?« Mama holte ein kleines Marmeladenglas mit Schraubverschluss aus ihrer Handtasche, in dem sie Lilis Haferbrei angerührt hatte. »Aber nicht in der Mikrowelle, sondern im Wasserbad. Den Deckel vorher abnehmen – und nicht zu heiß, bitte!«

»Sehr gerne.« Der Kellner nahm das Glas und entfernte sich eilig, bevor Mama und Gesa ihn noch länger mit ihren Sonderwünschen nerven konnten.

Ich schüttelte den Kopf. »Ihr seid unmöglich! Die Leute gucken schon.«

Gesa wedelte mit der Speisekarte. »In einem Hotel mit diesen Preisen kann man doch wohl erwarten, dass sie ein bisschen Babybrei aufwärmen und auf jeden Gast individuell eingehen.«

Ich seufzte. Es hatte keinen Sinn. Gesa verstand mich einfach nicht. Genauso wenig, wie Mama jemals kapieren würde, warum es mir peinlich war, wenn sie vor allen Leuten mit Thomas herumknutschte. Es gibt Dinge, die kann man nicht erklären. Darum hielt ich lieber meinen Mund und fütterte Lili mit dem Brei, den der Kellner wenig später in einer weißen Porzellanschale mit silbernem Löffel und einem Pfefferminzblättchen als Verzierung an unseren Tisch brachte.

»Ich gehe morgen früh zur Strandgymnastik«, verkündete Oma. »Um halb neun am Hauptstrand. Kommt jemand mit?«

»Ich!«, rief Mona. »Wenn ich nicht zu müde bin. Hoffentlich lässt Puck uns heute Nacht schlafen.«

Oma runzelte die Stirn. »Wer ist Puck?«

Mona lief knallrot an. »Äh … na ja … also …«

»Puck ist das Baby aus dem Nachbarzimmer«, sagte ich schnell. »Es hat letzte Nacht ständig geschrien. Das war echt nervig, stimmt's, Mona?«

Mona nickte eifrig. »Ja, genau.«

»Puck?« Oma schüttelte den Kopf. »Was für seltsame Namen die Leute ihren Kindern heutzutage geben.«

In diesem Moment spuckte Lili in hohem Bogen die letzten drei Löffel Brei wieder aus, die ich ihr achtlos in den Mund gestopft hatte. Dabei machte sie ein Geräusch, das wie eine alte Propellermaschine klang und alle zum Lachen brachte. Damit war das Thema Puck vorerst erledigt. Ich atmete auf. Das war knapp gewesen!

Während des Essens hielt ich immer wieder Ausschau nach Felix, aber er tauchte nicht auf. Ich war ein bisschen enttäuscht, auch wenn ich das nicht gerne zugab. Nach dem Essen begann Lili zu quengeln, und Mama machte sich mit ihr auf den Weg in die Pension, um sie ins Bett zu bringen. Thomas begleitete sie natürlich. Tim verzog sich in sein Zimmer, wahrscheinlich um die Nase wieder in seine langweiligen Bücher zu stecken. Oma bestellte noch einen Kaffee und Gesa einen Kräutertee. (»Haben Sie Frauen-Tee? Hilft frisch aufgebrüht unheimlich gut gegen Menstruationsbeschwerden. Aber nicht mehr als einen Esslöffel Teemischung pro Tasse und zehn bis fünfzehn Minuten ziehen lassen.« – Versteht ihr jetzt, warum ich mich manchmal ganz weit weg wünsche?)

»Ich gehe noch mal kurz an den Strand.« Mona stand auf. Ich erhob mich ebenfalls. »Kümmerst du dich so lange um Puck?«, flüsterte Mona mir zu.

Ich nickte. »Bis später!«

Oma und Gesa waren in ein Gespräch über die besten Yoga-Übungen bei Rückenschmerzen vertieft und beachteten mich gar nicht. Achselzuckend verließ ich den Speisesaal. An der Tür stieß ich fast mit unserem Kellner zusammen. Er sah ziemlich erschöpft aus, und daran war unser Tisch wahrscheinlich nicht ganz unschuldig.

»Entschuldigung«, sagte ich automatisch. Dann schoss mir ein Gedanke durch den Kopf. »Sag mal, weißt du zufällig, wann Felix heute Feierabend hat?«

Mona hatte mich auf eine Idee gebracht. Vielleicht konnten Felix und ich ja noch ein bisschen mit Puck rausgehen. Es war ein richtig schöner Sommerabend. Puck könnte sich am Strand austoben und würde heute Nacht hoffentlich gut schlafen – ohne ins Zimmer zu pinkeln!

Der Kellner schüttelte den Kopf. »Tut mir leid, aber ich kenne keinen Felix.«

»Doch, doch, den kennst du bestimmt«, sagte ich. »Er hat hier einen Ferienjob und kellnert manchmal auch beim Abendessen. So ein blonder Typ mit Strubbelhaaren und Stupsnase.« Die meergrauen Augen erwähnte ich lieber nicht, damit die Sache nicht zu peinlich wurde.

Wieder Kopfschütteln. »Frag doch mal an der Rezeption, vielleicht können sie dir dort weiterhelfen.« Ein Gast winkte dem Kellner, und er eilte davon.

Verwirrt ging ich in die Eingangshalle. Die Rezeption war gerade nicht besetzt. Ob ich später nach Felix fragen sollte? Das klang doch nach einem vernünftigen Vorschlag. Trotzdem zögerte ich.

Was, wenn mir die Antwort nicht gefiel?

13. Kapitel

Puck sorgt für Chaos

Am nächsten Morgen schlief ich erst mal aus. Die letzte Nacht steckte mir noch in den Knochen. Zum Glück verhielt sich Puck diesmal ruhig. Er war zum Schlafen hinter das Sofa gekrochen, wo ich ihm ein gemütliches Nest aus einer Wolldecke und mehreren Kissen gebaut hatte. Das hatte den Vorteil, dass er nicht gleich gesehen wurde, falls morgens unverhofft das Zimmermädchen hereinplatzen sollte.

Als ich aufstand, war es in der ganzen Suite himmlisch still. Mona war tatsächlich um kurz vor halb neun zur Strandgymnastik aufgebrochen, und Puck schlief offenbar noch.

Gut gelaunt stieg ich unter die Dusche und trällerte vor mich hin, während mir das heiße Wasser über den Rücken lief. Die Dusche hatte fünf verschiedene Massagestufen, die ich alle nacheinander ausprobierte. Dann wusch ich mir die Haare mit einem nach Aprikose duftenden Shampoo, das zusammen mit einem kleinen Fläschchen Duschgel, Bodylotion, einer Nagelfeile und einer Plastik-Duschhaube in einem geflochtenen Korb auf der Ablage neben dem Waschbecken gelegen hatte. Nach einer halben Stunde stieg ich völlig durchweicht, aber sehr entspannt und bestens gelaunt aus der Dusche und hüllte mich in meinen flauschigen Bademantel. Ich putzte mir die Zähne, kämmte meine nassen Haare und verteilte großzügig

Bodylotion auf meine Arme und Beine (sie roch ebenfalls nach Aprikose).

Dann marschierte ich zurück ins Schlafzimmer, um mich anzuziehen. Hinter dem Sofa war es immer noch still. Vielleicht musste Puck ja auch Schlaf nachholen. Die letzten Tage waren ziemlich aufregend für ihn gewesen.

»Hey, aufstehen, Puck, du alte Schlafmütze!«, rief ich. »Gleich gibt's Frühstück!«

Ich hatte gestern Vormittag im Supermarkt mehrere Dosen Hundefutter besorgt. Erst war Puck nicht besonders begeistert gewesen – die Hühnchenbrust hatte ihm offenbar besser geschmeckt –, aber dann hatte er das Dosenzeug doch gefressen.

Hinter dem Sofa blieb alles ruhig. Für einen Hund hatte Puck einen ziemlich festen Schlaf. Paul war immer sofort aufgesprungen, wenn ich morgens in die Küche gekommen war. Ich warf einen Blick hinter das Sofa und blinzelte überrascht. Der Platz auf der Wolldecke war leer! Kein Puck weit und breit.

»Puck?«, rief ich. »Wo steckst du?«

Kein Winseln. Kein Bellen. Kein Pfotengetrappel. Nur unheilverkündende Stille. In diesem Moment wurde mir klar, dass etwas nicht stimmte.

Ich rannte ins Schlafzimmer, sah erst im und dann unter dem Bett nach, hinter den langen Vorhängen und sogar im Schrank. Kein Puck. Ich überprüfte die Terrassentüren, sie waren beide zu. Aber Puck konnte sich doch nicht einfach in Luft aufgelöst haben! Ob Mona ihn zur Strandgymnastik mitgenommen hatte? Nein, bestimmt nicht. Oma hätte sich ganz schön gewundert, wenn Mona mit einem

Hund am Strand aufgetaucht wäre. Mein ungutes Gefühl verwandelte sich in Panik.

Ich riss die Zimmertür auf und spähte auf den Flur. »Puck?«, rief ich leise. Keine Antwort. Aber weiter hinten lag ein einzelner Schuh mitten auf dem roten Läufer. Ob Puck ihn dorthin geschleppt hatte? Schuhe waren sein absolutes Lieblingsspielzeug. Bestimmt war er unbemerkt aus der Suite geschlüpft, als Mona zur Strandgymnastik gegangen war. Und jetzt lief er durch das Hotel und knabberte alles an, was ihm vor die Schnauze kam. Ich musste ihn unbedingt finden, bevor er etwas richtig Schlimmes anstellte. Und bevor er vom Hotelpersonal entdeckt wurde.

Ich rannte sofort los. Erst suchte ich im Gästehaus, aber dort war Puck nicht. Im Garten auch nicht. Als ich in die Eingangshalle kam, beschwerte sich gerade eine Frau an der Rezeption. Schnell huschte ich hinter einen der beiden großen Palmenkübel und lauschte.

»Sehen Sie sich das an!« Die Frau schwenkte einen hochhackigen Schuh aus schwarz glänzendem Leder. »Meine Pumps sind völlig hinüber. Ich hatte sie gestern Abend vor meine Zimmertür gestellt, und heute früh sahen sie so aus!« Sie zeigte auf den Absatz, der eindeutig angeknabbert worden war.

»Das tut mir wirklich leid«, entschuldigte sich die Empfangsdame. Es war dieselbe, die Puck und mich nicht ins Hotel gelassen hatte. Auch heute war sie wieder perfekt geschminkt, allerdings sah sie etwas nervös aus. »Ich kann mir das auch nicht erklären. So etwas ist noch nie vorgekommen.«

»Ich hoffe, Sie haben keine Ratten im Hotel«, sagte die Frau.

»Nein, nein, bestimmt nicht«, versicherte die Empfangsdame eilig. »Wir werden Ihnen den Schaden natürlich ersetzen.«

»Ersetzen?« Die Frau zog beide Augenbrauen hoch. »Das sind Designerschuhe aus Mailand. Extra für mich angefertigte Einzelstücke. Die lassen sich nicht so einfach ersetzen!«

Die Empfangsdame kam allmählich ins Schwitzen. Das gefiel mir ziemlich gut. Wenn ich mir nicht solche Sorgen um Puck gemacht hätte, hätte ich richtig Spaß gehabt. Doch im Gegensatz zu den beiden Frauen wusste ich ganz genau, dass es keine Ratten gewesen waren, die den Schuh angeknabbert hatten. Es konnte nur einer gewesen sein: Puck! Doch wo steckte er jetzt?

Ich wollte mich gerade nach draußen schleichen, um dort weiterzusuchen, als ich aufgeregte Stimmen aus der Küche hörte. Ich warf einen Blick durch die weit geöffnete Flügeltür in den Speisesaal. Dort saßen bereits einige Gäste beim Frühstück. Alle sahen zur Küche hinüber, aus der jetzt lautes Scheppern drang. Als ein Kellner die Küche mit einer Portion dampfendem Rührei verließ, schoss ein dunkler Schatten hinter ihm durch die Schwingtür. Im Hintergrund lagen mehrere Töpfe auf dem Boden, und die Köche rannten aufgeregt durcheinander.

Der Chefkoch nahm fluchend die Verfolgung auf. »Haltet den Dieb! Das Vieh hat zwei Würstchen geklaut und die Ochsenschwanzsuppe runtergeschmissen. Was zum Donnerwetter hat es in meiner Küche zu suchen?«

Mir blieb fast das Herz stehen vor Schreck. Der dunkle Schatten war Puck! Er rannte, als wäre der Teufel hinter ihm her. Dabei geriet er dem Kellner zwischen die Füße. Der Mann stolperte, und der Teller mit dem Rührei landete klirrend auf dem Boden. Puck zögerte kurz. Seine Nase zuckte, und ich wusste, dass er das Rührei furchtbar gern probiert hätte. Doch der Koch war ihm dicht auf den Fersen. Er war klein und spindeldürr, aber seine Augen funkelten wütend, und seine dröhnende Stimme konnte einem richtig Angst machen.

»Na warte, du Räuber, wenn ich dich erwische, mache ich Geschnetzeltes aus dir!«, polterte er.

Puck ließ das Rührei Rührei sein und flitzte aus dem Speisesaal. Er sauste an mir vorbei nach draußen. Der Koch hinterher. Ohne auch nur eine Sekunde zu überlegen, sprang ich hinter der Palme hervor und brüllte: »Stopp!«

Doch der Koch war so in Schwung, dass er nicht rechtzeitig bremsen konnte. »Was zum Teufel ...«, fluchte er und rannte mich glatt um. Ich verlor das Gleichgewicht, und wir landeten beide auf dem frisch gebohnerten Marmorboden der Eingangshalle. Ich sah erst mal nur jede Menge Sternchen.

»Himmel!« Die Empfangsdame schlug die Hände vor den Mund. Ansonsten unternahm sie nichts.

Die Frau mit dem kaputten Schuh starrte mich an, als wäre ich ein Geist. Dann verzogen sich ihre brombeerfarben geschminkten Lippen zu einem Grinsen, und sie begann schallend zu lachen. Die Frühstücksgäste im Speisesaal reckten neugierig die Hälse.

»Was ist denn daran so witzig?« Stöhnend setzte ich

mich auf und rieb mir den schmerzenden Hintern. Wahrscheinlich hatte ich mir das Steißbein verstaucht. Doch das war mir schnurzpiepegal, als ich an mir heruntersah und merkte, dass ich gar nichts anhatte! Abgesehen von dem flauschigen Bademantel, in den ich mich nach dem Duschen gewickelt hatte, und meinen Flipflops. Augenblicklich wurde ich so rot wie eine überreife Paprika. Am liebsten hätte ich mich in eine der dekorativen Palmen verwandelt. Stattdessen zupfte ich den Bademantel zurecht, der etwas in Unordnung geraten war, und erhob mich so würdevoll wie möglich. Warum war ich nur einfach so aus der Suite gerannt, ohne mir vorher etwas Richtiges anzuziehen? Das hatte ich in der ganzen Aufregung komplett vergessen. Manchmal bin ich wirklich ein Schussel. Oder wie Mama immer sagt: »Wenn du nicht aufpasst, verlierst du irgendwann noch deinen Kopf.«

In diesem Moment, als ich nur mit einem Bademantel bekleidet auf dem (übrigens ziemlich kalten) Marmorboden saß und sämtliche Hotelgäste meine knubbeligen Knie und meine käsigen Beine bewundern konnten, kam mir zum ersten Mal der Gedanke, dass meine Mutter vielleicht ausnahmsweise einmal recht haben könnte.

Neben mir rappelte sich der Koch schimpfend hoch. Er hatte seine weiße Kochmütze verloren, und auf seiner Glatze glänzten Schweißperlen.

»Ich kann so nicht arbeiten!« Wütend stemmte er die Hände in die Hüften. »Hunde in der Küche, Ochsenschwanzsuppe auf dem Boden und Kinder, die im Weg herumstehen.« Er musterte mich mit gerunzelter Stirn. »Was hast du hier eigentlich verloren?«

»Das Mädchen ist ein Gast«, erklärte die Empfangsdame eifrig und brachte ihre Betonfrisur mit einer gekonnten Handbewegung in Form. Sie tippte etwas in ihren Computer. »Sie wohnt in Suite Nummer 14.«

»Das interessiert mich nicht!«, donnerte der Koch. Die Empfangsdame zuckte zusammen. »Die Göre soll mir aus dem Weg gehen, und damit basta!«

Die Frau mit dem kaputten Schuh lachte immer noch. Sie kriegte sich gar nicht mehr ein. Ich warf ihr einen ärgerlichen Blick zu. Ich hasse es, ausgelacht zu werden!

»Ich wollte gerade zum Strand«, behauptete ich. »Frühschwimmen. Und dann haben Sie mich einfach umgerannt.«

»Wie bitte?« Der Koch lief vor Wut knallrot an. »Du bist mir plötzlich vor die Füße gelaufen und hast ›Stopp‹ gebrüllt! Wenn du nicht gewesen wärst, hätte ich diesen stinkenden Hund im Handumdrehen geschnappt und ihm den Hals umgedreht!«

Die Empfangsdame betrachtete mich stirnrunzelnd. »Sag mal, bist du nicht das Mädchen, das vor ein paar Tagen mit einem Hund in die Allergiker-Suite wollte?«

Ich schüttelte schnell den Kopf. »Sie müssen mich verwechseln. Ich kann Hunde nicht ausstehen.«

Die Frau mit dem kaputten Schuh beruhigte sich allmählich wieder und wischte sich die Lachtränen aus den Augen. »Jetzt weiß ich wenigstens, wer meine Pumps ruiniert hat«, stellte sie fest. »Na ja, ein Hund ist immer noch besser als eine Ratte. Auf den Schreck brauche ich erst mal einen doppelten Espresso.« Sie nahm ihren angeknabberten Schuh und ging in den Speisesaal, wo sich die anderen Gäste inzwischen wieder ihrem Frühstück widmeten.

»Chef!« Ein junger Koch streckte den Kopf aus der Küche. »Wie lange soll die Gemüsesuppe noch köcheln?«

»Die muss sofort vom Herd!« Der Chef drehte sich auf dem Absatz um und rannte zurück in die Küche. Mich würdigte er keines Blickes mehr.

Das war mir nur recht. »Ich geh dann mal … äh … schwimmen«, murmelte ich und sah zu, dass ich wegkam. Die Empfangsdame schaute mir misstrauisch nach. Ich war mir ziemlich sicher, dass sie mir die Geschichte mit der Verwechslung nicht abgekauft hatte. Ab sofort würde sie mich auf dem Kieker haben. Aber das ließ sich jetzt leider nicht mehr ändern. Puck und ich mussten in den nächsten Tagen eben noch vorsichtiger sein als bisher.

Apropos Puck – wo steckte er? Ich flitzte zurück zum Gästehaus. Ich musste mir erst mal etwas anziehen, danach würde ich weitersuchen. Im Garten, auf der Straße, und wenn es sein musste, im ganzen Ort. Vielleicht war Puck ja vor lauter Panik sogar zurück in den Urwald geflüchtet. Oder er hatte sich verlaufen. Ich durfte ich gar nicht daran denken, was ihm alles passieren konnte …

Ich betrat das Gästehaus und bog in unseren Flur ab. Ein Bellen riss mich aus meinen Gedanken. Ich traute meinen Ohren kaum. Puck! Er saß vor unserer Zimmertür, als könnte er kein Wässerchen trüben. Kaum hatte er mich erblickt, sprang er auf und kam mir schwanzwedelnd entgegen. Ich fasste ihn am Halsband, zog ihn schnell in die Suite und schloss die Tür hinter uns. Puh! Endlich in Sicherheit.

Erschöpft ließ ich mich aufs Sofa fallen. Puck sprang auf meinen Schoß und leckte mir freudig über das Gesicht. Ich versuchte währenddessen, mit ihm zu schimpfen.

»Hör mal, Puck, so geht das nicht! Du kannst nicht einfach abhauen und fremde Schuhe anknabbern. Oder in der Küche Würstchen klauen. Das hätte echt ins Auge gehen können. Wenn der Koch dich erwischt hätte, würdest du jetzt in der Pfanne brutzeln.«

Das war Puck offenbar völlig egal. Seine Schlabberküsse kitzelten mich, und ich musste lachen. Damit war die Standpauke beendet. Ich streichelte Puck und flüsterte ihm ins Ohr: »Du hast mir einen ganz schönen Schrecken eingejagt, du kleiner Racker! Ein Glück, dass dir nichts passiert ist.«

Das schien Puck auch zu finden. Er bellte zustimmend, und ich hielt ihm schnell das Maul zu.

14. Kapitel

Sachen gibt's, die gibt's gar nicht

Als ich zum Frühstück ging, achtete ich darauf, dass die Tür ordentlich verschlossen war. Puck würde nicht noch einmal ausbüxen!

Im Speisesaal sah ich mich unauffällig um, aber zum Glück war von den Gästen, die vorhin meinen peinlichen Auftritt mitbekommen hatten, niemand mehr da. Erleichtert ging ich zu unserem Tisch, an dem bereits Gesa, Mona und Oma saßen.

Oma und Mona erzählten gerade von der Strandgymnastik. »Es war richtig toll«, schwärmte Mona. »Ich hätte nicht gedacht, dass Gymnastik so viel Spaß machen kann.«

»Es ist eben etwas völlig anderes, ob man in einer muffigen Turnhalle oder an der frischen Seeluft Sport macht«, stellte Oma fest und biss in ihr Marmeladenbrötchen.

»Allerdings«, bestätigte Gesa. »Die richtige Atmosphäre ist ungeheuer wichtig für das menschliche Wohlbefinden. Das vergessen viele Leute, wenn sie die günstigen Yoga-Kurse im Sportverein buchen, statt in unser Gesundheitszentrum zu kommen.«

»Wo sind denn die anderen?«, fragte ich, bevor uns Gesa einen langen Vortrag über gute und schlechte atmosphärische Schwingungen halten konnte. Das ist eins ihrer Lieblingsthemen.

»Tim hat noch geschlafen, als ich gerade in unserer

Suite war«, sagte Oma. »Kein Wunder, er hat mal wieder die halbe Nacht gelesen. Dem Jungen platzt irgendwann noch der Kopf vor lauter Wissen.«

»Lia wollte mit Thomas und Lili in der Pension frühstücken. Nachher treffen wir uns am Strand.« Gesa winkte dem Kellner. Sie zeigte auf ihr Frühstücksei. »Sind die Eier von frei laufenden Hühnern?«

Der Kellner nickte. »Wir beziehen unsere Eier täglich frisch von einem Bauernhof im Nachbarort, auf dem sich die Hühner frei bewegen können.«

»Sehr gut.« Zufrieden köpfte Gesa ihr Ei.

Ich verdrehte die Augen. Gesa konnte es einfach nicht lassen!

»Gibt es heute gar nicht diese leckeren kleinen Würstchen?«, fragte Mona. »Ich konnte sie am Büfett nicht finden.«

Der Kellner schüttelte bedauernd den Kopf. »Die Würstchen sind leider aus. Stellen Sie sich vor, wir hatten heute früh einen Hund in der Küche! Er hat zwei Würstchen gefressen und sich dann aus dem Staub gemacht. Die restlichen Würstchen mussten wir daraufhin leider entsorgen.«

Mona war blass geworden. »Ein Hund in der Küche?« Sie sah fragend zu mir. Ich nickte bedeutungsvoll.

»Du meine Güte!« Oma lachte. »Das ist ja eine lustige Geschichte.«

»Unser Küchenchef fand das überhaupt nicht lustig«, erzählte der Kellner. »Er hat furchtbar getobt. Zumal ihm der Hund auch noch entwischt ist.«

Ich rutschte auf meinem Stuhl tiefer nach unten. Hoffentlich erwähnte der Kellner nicht auch noch das Mädchen im weißen Bademantel, das sich dem Koch in den Weg gestellt hatte. Aber ehe er weitere Einzelheiten ausplaudern konnte, wurde er zum Glück an einen anderen Tisch gerufen. Er entschuldigte sich, und ich atmete auf.

»Sachen gibt's, die gibt's gar nicht«, stellte Gesa fest und schob sich einen Löffel Ei in den Mund.

Sie wusste nicht, wie recht sie damit hatte.

Eine Sekunde später ließ Oma klirrend den Löffel fallen, mit dem sie sich gerade Honig auf ihre zweite Brötchenhälfte geträufelt hatte. Sie starrte zur Tür.

»Was ist denn?«, fragte ich besorgt. Natürlich musste ich sofort an Omas schwaches Herz denken. Aber diesmal war es zum Glück etwas anders. Etwas völlig anderes sogar.

»Das ist doch nicht zu fassen ...«, murmelte Oma. Ihre Augen waren immer noch auf den Eingang des Speisesaals gerichtet.

Ich drehte mich um und erblickte einen schmuddelig aussehenden Kerl in löchriger Jeans und abgewetzter Lederjacke. Die Haare hingen ihm fettig ins Gesicht, und neben seinen mit Schlamm verkrusteten Stiefeln stand ein schäbiger Armee-Rucksack, der eindeutig schon bessere Zeiten gesehen hatte.

»Du meine Güte!« Eine Dame am Nachbartisch in hellrosa Seidenbluse rümpfte die Nase. »Das Publikum hier war auch schon mal besser.«

»Was macht Klaus denn hier?«, fragte Mona erstaunt.

Erst auf den zweiten Blick erkannte ich meinen Bruder. Ein Kellner eilte zu ihm und redete leise auf ihn ein. Offenbar versuchte er, Klaus hinauszukomplimentieren, aber mein Bruder schüttelte den Kopf. Er kann ziemlich stur sein, das weiß ich aus eigener Erfahrung.

Oma erhob sich und winkte ihm zu. »Huhu! Hier sind wir, Klaus!«

Klaus nahm seinen Rucksack und marschierte zu unserem Tisch. Seine Stiefel hinterließen eine Dreckspur auf dem Parkett. Ich sah genau, dass ihm die anderen Gäste verstohlene Blicke zuwarfen. Wahrscheinlich fragten sie sich, was dieser merkwürdige Typ in so einem piekfeinen Hotel zu suchen hatte. Und genau diese Frage stellte ich mir auch.

Der Kellner folgte Klaus etwas verunsichert. »Der Herr gehört zu Ihnen?«, vergewisserte er sich.

Oma nickte. »Der Herr ist mein Enkel. Könnten Sie uns bitte noch ein Gedeck bringen?«

»Natürlich, sofort.« Der Kellner verschwand und kehrte kurz darauf mit einer Tasse, einem Teller und Besteck zurück.

Klaus warf seinen Rucksack unter den Tisch und ließ sich mit einem tiefen Seufzer auf einen freien Stuhl fallen. Dort blieb er regungslos sitzen, als sei ihm plötzlich die Energie ausgegangen. Wir sahen ihn alle neugierig an und warteten auf eine Erklärung. Aber es kam keine.

Schließlich brach Oma das Schweigen. »Schön, dass du da bist, Klaus!«

Keine Reaktion.

»Ist alles in Ordnung?«, fragte Oma vorsichtig.

Klaus stieß ein Grunzen aus, das wahrscheinlich Ja heißen sollte. Oder Nein. Das konnte man nicht so genau sagen.

»Deine Mutter wird sich auf jeden Fall freuen, dich zu sehen«, stellte Oma fest. »Sie hat sich schon Sorgen gemacht.«

Klaus hob den Kopf. Waren Omas Worte zu ihm durchgedrungen? Würde er jetzt endlich zu uns sprechen?

Er öffnete den Mund und verkündete: »Ich hab irren Kohldampf.« Dann stand er auf, nahm seinen Teller und marschierte zum Büfett.

Oma zuckte etwas ratlos die Schultern. »Versteht ihr das?«

Mona, Gesa und ich schüttelten die Köpfe. Manchmal war Klaus einfach ein Rätsel.

Als er zurück an den Tisch kam, war sein Teller mit einem riesigen Berg Essen beladen. Stumm begann er, alles in sich hineinzuschaufeln: ein großes Stück Lachs mit Meerrettich-Häubchen, zwei Matjesheringe mit Zwiebeln, mehrere Schinkenröllchen, eine Handvoll Cocktailtomaten, eine riesige Portion Rührei mit Speck, zwei hart gekochte Eier (wobei es Klaus natürlich völlig egal war, ob sie von frei laufenden Hühnern stammten oder nicht), drei Waffeln, ein Brötchen mit Käse, eins mit Salami und eins mit Leberwurst und zum Schluss noch ein Schokoladen-Croissant.

Wir sahen schweigend zu. Klaus war schon immer ein guter Esser gewesen, aber heute übertraf er sich selbst. Nachdem er den letzten Bissen gekaut und hinuntergeschluckt hatte, lehnte er sich zurück und rülpste laut.

Oma runzelte missbilligend die Stirn. »Muss das sein, Klaus? Das ist wirklich ziemlich unhöflich.«

»'tschuldigung«, murmelte Klaus. Er starrte auf die Kaffeekanne, die mitten auf dem Tisch stand. »Ist da noch was drin?« Ohne eine Antwort abzuwarten, nahm er die Kanne und goss sich den restlichen Kaffee ein. Er trank einen Schluck, stellte die Tasse wieder zurück, grunzte zufrieden und schloss die Augen. Fehlte nur noch, dass er einschlief und anfing zu schnarchen!

»Wo steckt eigentlich Nadine?«, fragte Oma. »Kommt sie auch noch?«

»Nein«, knurrte Klaus, ohne die Augen zu öffnen.

»Ist sie noch in Dänemark?«, fragte Oma weiter. Wahrscheinlich war sie froh, überhaupt mal eine Antwort zu bekommen.

Klaus schüttelte den Kopf.

»Was ist denn passiert?«, wollte Oma wissen. »Jetzt lass dir doch nicht jedes Wort aus der Nase ziehen!«

Klaus seufzte und öffnete die Augen. »Dänemark war voll scheiße. Nur Regen, alles nass. Unser Zelt ist abgesoffen. Nadine hatte keinen Bock mehr, sie ist zurück nach Hause. Und ich bin mit dem Nachtzug her.«

Ich war schwer beeindruckt. Das war für Klaus' Verhältnisse schon eine richtige Rede.

»Ihr habt euch also gestritten«, stellte Oma fest.

Klaus zuckte mit den Schultern, was so ziemlich alles bedeuten konnte. Dann machte er die Augen wieder zu und verfiel in eine Art Verdauungsstarre.

Oma trank ihren Kaffee aus. »Am besten, du schläfst erst mal eine Runde. Du kannst dich in meinem Zimmer hinlegen. Und wir überlegen inzwischen, wo wir dich unterbringen.«

Klaus sah wirklich ziemlich fertig aus. Sein Gesicht war

ganz grau vor Müdigkeit, und unter seinen Augen lagen tiefe Ringe. Wahrscheinlich hatte er im Zug nicht besonders viel geschlafen. Schwerfällig hievte er sich von seinem Stuhl und murmelte: »Schöne Grüße von Rudi übrigens.«

»Hast du mit ihm telefoniert?«, fragte ich überrascht. Es würde Mama gar nicht gefallen, dass Klaus bei Papa angerufen, sich aber nicht bei ihr gemeldet hatte.

Klaus schüttelte den Kopf. »Hab ihn am Bahnhof getroffen.«

»Rudi ist hier?« Oma runzelte die Stirn. »Das kann ich mir nicht vorstellen.«

Klaus zuckte mit den Schultern. »Ich hab ihn aber gesehen. Mit irgendeiner blonden Tussi ...«

»Du spinnst doch!«, rief ich. »Papa sitzt zu Hause und arbeitet! Er hat nämlich total viel zu tun.«

»Das können wir ja alles später noch klären«, sagte Oma. »Jetzt muss Klaus erst mal schlafen.«

Klaus schlurfte hinter Oma aus dem Speisesaal. Ich sah ihm verwirrt nach. Was hatte das zu bedeuten?

»Ob Rudi wirklich in Wattenbüll ist?«, fragte Mona.

Ich schüttelte den Kopf. »Nie im Leben! Klaus hat sich bestimmt vertan. Wahrscheinlich konnte er vor lauter Müdigkeit nicht mehr klar sehen.«

»Wie dem auch sei.« Gesa erhob sich. »Ich gehe jetzt zum Strand.«

»Ich auch!« Mona sprang auf. »Gleich fängt die Vormittags-Gymnastik an, da will ich unbedingt mitmachen.«

Ich musste grinsen. »Du wirst noch eine richtige Sportskanone.«

Gemeinsam verließen Gesa, Mona und ich den Speisesaal. In der Eingangshalle flüsterte Mona mir zu: »Ist mit Puck alles in Ordnung?«

Ich nickte. »Ich erzähl dir nachher, was los war. Das ist eine längere Geschichte ...«

»Kommst du, Mona?« Gesa stand schon in der Tür und wartete.

»Dann bis später!« Mona verschwand nach draußen.

Ich blieb etwas unschlüssig in der Empfangshalle stehen. Schließlich gab ich mir einen Ruck und ging zur Rezeption. Die Dame mit der Betonfrisur telefonierte gerade. Sie flötete überfreundlich die astronomisch hohen Zimmerpreise in den Telefonhörer und tat so, als wäre ich gar nicht da. Ich bewegte mich keinen Millimeter vom Fleck, bis sie fertig war.

»Können Sie mir sagen, wo ich Felix finde?«, fragte ich, bevor ich es mir anders überlegen konnte.

»Du schon wieder!« Die Empfangsdame sah nicht besonders erfreut aus. Sie räusperte sich. »Was für ein Felix?«

»Der Aushilfskellner«, erklärte ich nun schon zum zweiten Mal. »Er hat hier einen Ferienjob.«

Die Frau schüttelte den Kopf. »Wir vergeben keine Ferienjobs. Im *Friesenhof* arbeiten nur ausgebildete Fachkräfte.«

»Aber Felix hat frische Handtücher in den Zimmern verteilt«, sagte ich. »Und er hat an unserem ersten Abend hier gekellnert.«

»Ein Schüler als Kellner?« Die Empfangsdame sah jetzt richtig entsetzt aus. »Das wäre ja eine Katastrophe! Wie du vielleicht schon bemerkt hast, bieten wir unseren Gästen nicht nur exzellentes Essen, sondern auch erstklassigen Service. Dafür absolvieren unsere Kellner eine mehrjährige Ausbildung, die unterschiedliche Bereiche umfasst …«

»Jaja, schon gut«, unterbrach ich sie. »Die Kellner-Ausbildung interessiert mich nicht. Ich will nur wissen, wo Felix steckt.«

Die Empfangsdame seufzte, als wäre ich ein besonders schwieriger Fall. »Jetzt hör mir mal gut zu«, säuselte sie. »Hier gibt es keinen Felix, klar?«

Am liebsten hätte ich mit dem Fuß aufgestampft, aber ich schaffte es, ruhig zu bleiben. Zumindest äußerlich. »Jetzt hören SIE mir mal zu«, sagte ich. »Wenn Sie nicht sofort in Ihrem Computer nachschauen, wo ich Felix finde, gehe ich zu Ihrem Chef und erzähle ihm, dass Sie sich geweigert haben, mir eine einfache Auskunft zu erteilen. Der wird bestimmt nicht begeistert sein, wenn er hört, was Sie unter erstklassigem Service verstehen!«

Den letzten Satz brüllte ich fast. Ich war echt sauer. Was bildete sich diese dumme Kuh eigentlich ein? Ein paar Gäste, die gerade den Speisesaal verließen, schauten neugierig zu uns herüber.

Die Empfangsdame war unter ihrer dicken Make-up-Schicht knallrot angelaufen. Sie sah mich aus zusammengekniffenen Augen an, als würde sie mir am liebsten augenblicklich den Kopf abreißen. Ich erwiderte ihren Blick, ohne zu blinzeln. Das ist so ein Spiel, das ich früher immer mit Tim gespielt habe. Wer zuerst wegschaut, hat verloren. Ich bin ziemlich gut darin. Und ich gewann auch dieses Mal.

Die Empfangsdame heftete ihren Blick auf den Bildschirm und hackte mit ihren roten Nägeln auf die Tastatur ein, dass es nur so klapperte.

»Also gut«, zischte sie. »Dies ist eine Liste sämtlicher Hotelangestellter.« Sie klapperte weiter. »Und unter den Angestellten befinden sich ganz genau … null Personen mit dem Vornamen Felix. Bist du jetzt zufrieden?«

Ich schüttelte verwirrt den Kopf. »Sind Sie ganz sicher? Vielleicht stehen die Leute mit den Ferienjobs in einer anderen Liste …«

»Wir. Vergeben. Keine. Ferienjobs.« Die Frau sprach so langsam, als wäre ich schwerhörig oder total begriffsstutzig. Oder beides.

»Okay … trotzdem danke.« Ich war so durcheinander, dass ich nicht mal mehr wütend auf Fräulein Betonfrisur war. Ich drehte mich um und verließ die Eingangshalle.

Draußen ließ ich mich auf eine Bank fallen. Was hatte das zu bedeuten? War Felix gar nicht offiziell im Hotel angestellt? Vielleicht war er ja noch zu jung für einen richtigen Job, und der Direktor wollte keinen Ärger mit den Behörden. Aber warum kannte ihn dann niemand? Arbeitete er etwa unter falschem Namen? Nein, das war viel zu weit hergeholt. Schließlich war das hier kein Krimi. Aber irgendetwas stimmte nicht, das hatte ich ja von Anfang an gespürt …

Ich sprang auf. Es brachte nichts, länger über Felix nachzugrübeln. Davon bekam ich nur schlechte Laune. Und schlechte Laune war so ziemlich das Letzte, was ich im Urlaub gebrauchen konnte. Ich musste mich irgendwie ablenken. Natürlich hätte ich an den Strand gehen und ein bisschen mit Lili spielen können. Aber Thomas würde garantiert auch da sein, und auf den hatte ich überhaupt keine Lust. Sollten er und Mama mal schön alleine herumturteln. Doch was konnte ich sonst machen?

Klaus' merkwürdiges Geschwafel fiel mir wieder ein. Und wenn doch etwas dran war? Ich beschloss, der Sache auf den Grund zu gehen und eine kleine Suchaktion zu starten. Das war immer noch besser, als den ganzen Nachmittag herumzusitzen und mir den Kopf über Mister Geheimnisvoll zu zerbrechen. Zufrieden mit meinem Plan holte ich Puck aus unserem Zimmer und zog los.

15. Kapitel

Rudi gesucht!

Wenn Papa tatsächlich in Wattenbüll war, musste er irgendwo wohnen. Ich würde also einfach die Hotels und Pensionen abklappern, das war eine todsichere Methode.

Ich begann mit der Frühstückspension, in der Mama und Gesa abgestiegen waren. Es war zwar ziemlich unwahrscheinlich, dass Papa sich ausgerechnet hier ein Zimmer genommen hatte, aber man konnte nie wissen. Außerdem musste ich systematisch vorgehen.

Die *Pension Christel* befand sich in einem ziemlich schäbigen Haus direkt neben dem *Friesenhof*. Im Flur war es düster, und es roch nach einer Mischung aus Staub und ranzigem Fett. Puck schnüffelte neugierig an einem Schirmständer, der mit kitschigen Blumenranken bemalt war. Während ich noch etwas unschlüssig herumstand, kam eine dicke Frau mit einem Armvoll zerknüllter Bettwäsche aus einem der Zimmer.

»Ja, bitte?«, fragte sie freundlich.

»Entschuldigung, ich suche meinen Vater, Rudi Laurenz«, sagte ich. »Wohnt er zufällig hier?«

»Laurenz?«, fragte die Frau. »Hier wohnt eine Frau Laurenz mit einem Baby.«

»Genau, das ist meine Mutter. Mein Vater müsste heute angekommen sein.«

»Tut mir leid«, sagte die Frau. »Von einem Herrn Laurenz weiß ich nichts. Warum fragst du nicht einfach deine Mutter? Sie müsste doch wissen, wo dein Vater steckt.«

»Das ist alles nicht so einfach ...«, murmelte ich. »Trotzdem danke.« Ich wollte gerade gehen, da fiel mir noch etwas ein. »Wo kann man hier in Wattenbüll denn sonst günstig wohnen?«

Die Frau überlegte. »Jetzt in der Hauptsaison ist fast alles ausgebucht. Probier's doch mal in der Jugendherberge. Vielleicht haben die noch was frei.«

»Prima, danke!«

Puck und ich machten uns sofort auf den Weg. Die Jugendherberge lag etwas außerhalb vom Ort in einem großen, mit Efeu bewachsenen Backsteingebäude. Jetzt in den Sommerferien waren natürlich keine Schulklassen da. Trotzdem hielten sich vor dem Haus eine Menge Jugendliche auf. Ein paar spielten Tischtennis, andere standen einfach herum und quatschten. Vermutlich eine Jugendgruppe auf Ferienfahrt. Etwas neidisch schielte ich zur Tischtennisplatte hinüber, an der gerade laut gejubelt wurde. Ich hatte mir immer schon gewünscht, mal eine Jugendfreizeit mitzumachen. Mein Schwimmverein zum Beispiel bot regelmäßig Trainingscamps in den Ferien an. Aber das war immer zu teuer gewesen.

Ich überlegte gerade, wo ich hier jemanden fand, den ich nach Rudi fragen konnte, als sich die Haustür öffnete und ein Mann herauskam. Diesmal genügte ein einziger Blick, um ihn zu erkennen. Es war eindeutig mein Vater. Kein Zweifel möglich!

»Papa!« Ich ließ Pucks Leine los, rannte auf ihn zu und warf mich in seine Arme.

»Hallo, meine Große!« Er hob mich hoch und wirbelte mich im Kreis herum, so wie er es früher immer gemacht hatte, als ich noch klein war. Puck sprang begeistert bellend um uns herum. Doch plötzlich verzog Papa das Gesicht, setzte mich wieder ab und rieb sich das Kreuz. »Mein verdammter Rücken bringt mich noch um!«, jammerte er.

»Tja, du wirst eben nicht jünger.« Ich grinste ihm zu.

»Und du wirst nicht leichter.« Er zeigte auf Puck. »Wer ist das?«

»Der Hund gehört jemandem aus dem Hotel«, sagte ich schnell und nahm Pucks Leine. »Ich gehe nur manchmal mit ihm spazieren.«

»Ein süßer Kerl.« Papa schnalzte mit der Zunge, und Puck sprang schwanzwedelnd an ihm hoch.

»Was machst du hier?«, fragte ich. »Ich dachte, du musst arbeiten.«

Papa beugte sich zu Puck hinunter, um ihn hinter den Ohren zu kraulen. »Das dachte ich auch. Aber der Auftrag ist abgesagt worden. Das Schulbuch, das ich illustrieren sollte, wird nun doch nicht erscheinen.«

»So was Blödes! Hast du dich sehr geärgert?«

»Geht so.« Rudi richtete sich wieder auf. »Ich habe ein ordentliches Ausfallhonorar ausgehandelt. Und beschlossen, ein paar Tage Urlaub zu machen. Ein bisschen Erholung wird mir guttun, und meinem Rücken auch. Außerdem hatte ich Sehnsucht nach euch. Wie geht's denn Lili? Ist alles in Ordnung mit ihr?«

»Ja, klar«, sagte ich. »Was soll denn nicht in Ordnung sein?«

»Keine Ahnung, deine Mutter redet ja kaum noch mit mir.« Papas Gesicht verdüsterte sich. »Seit sie mit diesem Grünschnabel zusammen ist, bin ich abgemeldet.«

»Stell dir vor, Thomas ist auch hier«, berichtete ich. »Er und Mama knutschen ständig herum, total eklig!«

»Damit will sie mich doch nur provozieren«, schimpfte Papa. »Und was das bei Lili auslöst, ist ihr völlig egal. Für kleine Kinder ist es gar nicht gut, wenn die Bezugspersonen ständig wechseln.«

Typisch! Papa dachte mal wieder nur an Lili. Und was war mit mir? Für mich war es auch nicht gut, wenn ich mir Tag für Tag dieses fiese Geknutsche anschauen musste. Doch das interessierte offenbar niemanden …

»Gut, dass ich jetzt hier bin«, sagte Rudi. »Nun kann Lili wieder etwas mehr Zeit mit ihrem Vater verbringen.«

»Nicht nur Lili«, sagte ich. »Wir beide können ja auch mal was zusammen unternehmen. Wie wär's mit einer Radtour? Wir leihen uns Fahrräder und düsen los, das wird bestimmt lustig.«

»Prima Idee«, sagte Papa zerstreut. Er sah zu einer jungen Frau hinüber, die lächelnd auf uns zukam und neben Papa stehen blieb. »Darf ich dir Melinda vorstellen?« Papa legte den Arm um die Frau.

Ich sah verdutzt von Rudi zu dieser Melinda. Wer zum Teufel war das? Ich kramte in meinem Gedächtnis, aber ich konnte mich nicht daran erinnern, sie schon einmal gesehen zu haben. Melinda war sehr blond und sehr klein. Sie reichte Papa gerade bis zur Schulter, war sonnengebräunt und hatte schulterlange Haare, die zu einem Zopf zusammengebunden waren. Obwohl sie ziemlich pummelig war, trug sie eine enge Radlerhose und ein bauchfreies Top. Dazwischen wölbte sich eine unschöne Speckwurst, aber das schien Melinda nicht zu stören.

»Hi!«, begrüßte sie mich fröhlich. »Du musst Emma sein, Rudis Tochter, richtig?« Sie sprach mit einem komischen Akzent.

Ich nickte misstrauisch. Was hatte Papa dieser Melinda von mir erzählt? Und warum war er überhaupt mit ihr hier?

»Melinda und ich haben uns auf der Hinfahrt im Zug kennengelernt«, erklärte Papa. »Sie kommt aus Australien und reist gerade mit dem Rucksack kreuz und quer durch Europa.«

»I love Europe!«, schwärmte Melinda. »Vor allem Deutschland. Ich studiere German an der University of Sydney, that's so much fun!« Sie lächelte verzückt.

»Und stell dir vor: Melindas Eltern haben eine riesige Schaf-Farm im australischen Outback«, sagte Papa. »Ist das nicht toll?«

Ich zuckte mit den Schultern. »Geht so.«

Ganz ehrlich: Was soll an einer Schaf-Farm irgendwo in der Pampa am anderen Ende der Welt toll sein?

»Du musst mich mal besuchen kommen, Rudi« Melinda strahlte Papa an. »Dann zeig ich dir alles, okay? Our farm, the sheep and Sydney of course.«

Rudi nickte eifrig. »Na klar, gerne!« Sein Arm lag immer noch auf Melindas Schultern, was sie nicht im Geringsten zu stören schien. Was zum Teufel hatte das zu bedeuten? Lief da was zwischen Rudi und dieser australischen Tussi? Versuchte er, Mama eifersüchtig zu machen?

Immerhin war diese Melinda eine ganze Ecke jünger als Papa. Und sie hatte ein hübsches Gesicht, auch wenn sie in den engen Klamotten wie eine Wurst in der Pelle aussah. Vielleicht wollte Rudi Mama eins auswischen. Nach dem Motto: Was du kannst, kann ich schon lange. Zuzutrauen wär's ihm. Erwachsene benehmen sich manchmal wirklich ziemlich kindisch …

»Come on, Rudi«, sagte Melinda. »Let's go to the beach!«

Papa nickte. »Wir gehen zum Strand«, übersetzte er, als hätte ich nicht seit drei Jahren Englisch in der Schule. »Kommst du mit?«

Ich wollte gerade den Kopf schütteln, da lenkte mich etwas ab. Ein Aufblitzen, das ich nur aus den Augenwinkeln wahrnahm. Ich sah zum Radweg hinüber, der an der Jugendherberge vorbeiführte. Dort fuhren gerade zwei Radfahrer entlang. Eine kleine, bunte Windmühle drehte sich am Lenker des ersten Rades. Die glänzende Plastikfolie reflektierte die Sonne.

Ich starrte den Radfahrer an. Es war Felix! Ich hätte ihn beinahe nicht erkannt, weil er statt seiner üblichen Jeans weiße Bermudashorts und ein weißes Polohemd trug. Er sah fast so affig aus wie diese Typen, die in den Kitschfilmen, die Mona so gern im Fernsehen guckt, an einem Strand in der Karibik sitzen und Champagner schlürfen. Manchmal sitzen sie auch an Deck eines Kreuzfahrtschiffes oder in einem riesigen Schloss in Irland. Aber sie sehen immer affig aus und schlürften Champagner. Warum hatte sich Felix so schick gemacht?

Die Antwort fuhr direkt neben ihm. Ein Mädchen mit langen Haaren, die wie eine Fahne hinter ihr herwehten. Leider war sie keine Unbekannte für mich. Es war das Mädchen vom Segelboot. Sie trug einen kurzen, blau-weiß gestreiften Rock. Im Gegensatz zu Melinda waren ihre Beine sehr schlank und durchtrainiert. Wahrscheinlich vom Segeln.

Felix lachte über etwas, was das Mädchen gerade gesagt haben musste. Mein Herz verwandelte sich augenblicklich in einen Eisklumpen. Felix hatte mich angelogen! Er kannte das Mädchen. Und wie es aussah, kannte er es sogar ziemlich gut. War er deshalb bei unserer ersten Verabredung Hals über Kopf abgehauen? Weil das Mädchen seine Freundin war und sie uns nicht zusammen sehen sollte? Wahrscheinlich hatte er sie im Hotel kennengelernt, so wie mich. Vielleicht war er ja darauf aus, sich eine reiche Freundin zu angeln. Vielleicht war das überhaupt der Grund, warum er den Job im *Friesenhof* angenommen hatte. Und als ihm klar geworden war, dass bei Oma und mir nichts zu holen ist, hatte er sich für das andere Mädchen entschieden.

In meinem Kopf wirbelten die Gedanken durcheinander. Was für Lügen hatte er mir sonst noch erzählt? Hieß er vielleicht gar nicht Felix? Das würde zumindest erklären, warum auf der Liste mit den Hotelangestellten kein Felix zu finden gewesen war …

Eine kleine Stimme meldete sich in meinem Kopf.

Felix ist kein Lügner! Bestimmt gibt es für alles eine ganz harmlose Erklärung. Er hat gesagt, dass er dich mag, und das hat er garantiert ehrlich gemeint.

Und wenn nicht?, fragte ich zurück.

Daraufhin schwieg die Stimme.

»Was ist, Emma?«, fragte Papa. »Kommst du jetzt mit oder nicht?«

»Nein«, murmelte ich. »Mir ist grad nicht nach Strand.«

Felix und das Mädchen waren inzwischen hinter der nächsten Wegbiegung verschwunden. Aber ich meinte immer noch ihr fröhliches Lachen zu hören.

16. Kapitel

Emma platzt der Kragen

Auf dem Rückweg zum Hotel versuchte ich so zu tun, als würde mir die Sache mit Felix nichts ausmachen. Der Typ war mir doch so was von egal! Von dem würde ich mir garantiert nicht den Urlaub vermiesen lassen.

Aber es klappte nicht. In meiner Brust saß ein Herz aus Eis, das mich bei jedem Schlag schmerzhaft daran erinnerte, dass ich betrogen worden war. Betrogen, angelogen und fallen gelassen. Das war kein schönes Gefühl. Ganz und gar nicht schön.

Ich verzog mich mit Puck in unsere Suite, kauerte mich auf dem Sofa zusammen und heulte mir die Augen aus dem Kopf. Zwischendurch dachte ich mir verschiedene Foltermethoden für Felix, den hundsgemeinen Herzensbrecher, aus.

Liste der besten Foltermethoden für hundsgemeine Herzensbrecher namens Felix:

1. Chilipulver im Kakao
2. Juckpulver im Schlafanzug
3. Eine dicke Spinne auf dem Kopfkissen
4. Extrascharfer Senf in der Zahnpastatube
5. Reißzwecken im Schuh (oder auf dem Badezimmerboden)
6. Kakerlaken im Bett

Mir fiel immer mehr ein, und als es Zeit fürs Abendessen war, hatte ich schon fünfundzwanzig Punkte zusammen. Das hob meine Laune wieder ein klitzekleines bisschen.

Beim Abendessen war die ganze Familie versammelt. Der Kellner musste noch mehr Stühle bringen, und die anderen Gäste warfen uns teils neugierige, teils genervte Blicke zu. Wir waren jetzt mit Abstand die größte Gruppe im Speisesaal. Papa hatte Melinda mitgebracht und stellte sie den anderen vor.

»Du hast sie im Zug kennengelernt?« Mama kräuselte spöttisch die Lippen. »Wie originell!« Neben ihr stand der Kinderwagen, in dem Lili gerade ein kleines Nickerchen machte.

»Besser als beim Aktmalkurs«, stichelte Papa.

»Jedenfalls ist es sehr schön, dass wir nun alle zusammen sind.« Oma lächelte in die Runde. »Damit hatte ich wirklich nicht mehr gerechnet.« Ihre grauen Löckchen waren vom Wind zerzaust, und sie sah richtig erholt aus. Der Urlaub zeigte allmählich Wirkung.

»Da staunst du, was?« Mona kicherte. »Erst wollte keiner mit, und jetzt sind wir alle hier.«

»Wohnst du auch im Hotel, Papa?«, fragte Tim.

Rudi schüttelte den Kopf. »Melinda und ich sind in der Jugendherberge untergekommen. Dort haben wir ein sehr nettes Zweibettzimmer. Natürlich nicht so schick wie hier, aber uns gefällt es, stimmt's, Melinda?«

Melinda strahlte ihn an. »Oh yes, of course, darling!«

Mama verdrehte die Augen. Ihre Lippen waren so schmal wie zwei Striche. Es passte ihr überhaupt nicht, dass Rudi aufgetaucht war, das war nicht zu übersehen. Und dass er Melinda mitgebracht hatte, passte ihr noch viel weniger.

Zwei Kellner servierten den ersten Gang: Krabben-Bruschetta mit Avocado-Mousse. Ich probierte vorsichtig eine Krabbe. Schmeckte gar nicht so schlecht.

»Also hab ich doch recht gehabt«, stellte Klaus fest, der nur zwei Sekunden gebraucht hatte, um die beiden kleinen Weißbrotscheiben zu verschlingen. Er hatte den ganzen Tag geschlafen und sah viel ausgeruhter aus als heute Morgen. Außerdem hatte er geduscht und sich – halleluja! – die Haare gewaschen. Aber in seiner löchrigen Jeans und dem ausgeblichenen schwarzen T-Shirt fiel er zwischen all den piekfeinen Leuten immer noch ziemlich auf.

»Womit hast du recht gehabt?«, erkundigte sich Oma freundlich.

»Dass ich Rudi am Bahnhof gesehen habe.« Klaus grinste. »Ihr habt mir nicht geglaubt, stimmt's?«

»Ich hatte da tatsächlich meine Zweifel«, gab Oma zu.

»Ich dachte, du spinnst«, sagte ich unverblümt. Dann fiel mir etwas ein. »Hast du eigentlich schon was von Nadine gehört?«

Klaus schüttelte den Kopf.

»Hast du denn versucht, sie zu erreichen?« Ich nahm einen Bissen von meinem Krabbenbrot.

»Hab ihr 'ne SMS geschickt.« Klaus starrte auf seinen leeren Teller. »Aber sie hat nicht geantwortet.«

»Schreib ihr doch einen Brief«, schlug ich vor. »Ich weiß ja nicht, was genau zwischen euch beiden los war, aber über einen Brief freut sich Nadine bestimmt.«

Klaus schnaufte verächtlich. »Spinnst du? Kein Mensch schreibt mehr Briefe.«

»Eben«, sagte ich geduldig. »Darum ist es ja auch etwas Besonderes.« Ich steckte mir den Rest meines Krabbenbrotes in den Mund.

»Ich mach mich doch nicht zum Affen«, brummte Klaus. »Nadine hat meine Handynummer. Wenn sie was von mir will, kann sie anrufen.«

Ich zuckte mit den Schultern. »Wie du meinst. Ist ja deine Sache, wenn deine Beziehung den Bach runtergeht.« Manchen Leuten ist eben einfach nicht zu helfen. Klaus ist und bleibt ein Sturkopf, darum beschloss ich, nicht weiter die Streitschlichterin zu spielen.

Die leeren Teller wurden abgeräumt. Kurz darauf kam der Hauptgang.

»Filet vom Seeteufel an Safranbutter mit feinen Kräutern«, verkündete der Kellner.

In diesem Moment stieß Lili ein verschlafenes Quieken aus. Sofort sprang Papa auf und beugte sich über den Kinderwagen. »Ist mein kleiner Sonnenschein aufgewacht?«, säuselte er.

»Nein, ist er nicht«, sagte Mama. »Setz dich hin, und lass das Kind schlafen.«

»Aber Lili muss doch etwas essen!« Papa blieb neben dem Kinderwagen stehen. »Es ist nach sechs.«

»Sie wird schon nicht verhungern«, stellte Mama fest. »Außerdem ist sie müde vom langen Strandtag.«

»Du hast sie doch hoffentlich nur im Schatten krabbeln lassen, oder?«, fragte Papa besorgt. »Babys sollten keiner direkten Sonneneinstrahlung ausgesetzt werden.«

Mama seufzte genervt. »Das weiß ich! Hör endlich auf, mich zu behandeln, als könnte ich nicht bis drei zählen.«

»Darf ich mir jetzt nicht mal mehr Sorgen um meine Tochter machen?«, beschwerte sich Papa. »Lili ist auch *mein* Kind!«

»Wie schön, dass du das noch weißt.« Mamas Stimme klang eisig. »Ich werde dich daran erinnern, wenn du das nächste Mal eine Motorradtour unternimmst, statt wie verabredet auf deine Tochter aufzupassen.«

Mir verging glatt der Appetit bei dieser blöden Streiterei. Dabei sah das Essen total lecker aus.

»Hört endlich auf!«, schimpfte ich. »Das ist ja nicht zum Aushalten. Warum müsst ihr euch eigentlich immer streiten?«

Lili wimmerte, und Mama nahm sie schnell auf den Schoß. Betretenes Schweigen breitete sich am Tisch aus.

Papa setzte sich wieder auf seinen Platz. »Wir streiten doch gar nicht«, murmelte er.

»Haha, guter Witz«, sagte ich.

Dann wurde es still. Alle waren mit ihrem Essen beschäftigt. Ich stocherte in meinem Fisch herum und probierte einen kleinen Bissen. Es schmeckte so lecker, dass ich meinen Teller schließlich doch ratzekahl leer futterte.

Thomas unterhielt sich währenddessen mit Melinda. Die beiden plauderten munter auf Englisch. Sie redeten so schnell, dass ich nur die Hälfte verstand.

»Ich wusste gar nicht, dass du so gut Englisch sprichst, Thomas«, sagte Oma.

»Your English is really great«, bestätigte Melinda. »Congratulations!«

Thomas lächelte geschmeichelt. »Vielen Dank! Aber das ist wirklich nichts Besonderes, immerhin studiere ich Englisch. Und nach dem Grundstudium war ich ein Jahr in Australien. Melinda und ich haben uns gerade über Sydney unterhalten. Ich hab dort auch an der University of Sydney studiert, ist das nicht lustig?«

»Du hast mir nie erzählt, dass du in Australien warst.« Mama klang etwas beleidigt.

Thomas gab ihr einen Kuss auf die Wange. »Das war keine böse Absicht, mein Schatz. Es hat sich einfach nicht ergeben.«

Melinda fragte Thomas etwas auf Englisch. Soweit ich es verstehen konnte, ging es um irgendwelche Professoren und Seminare an der Uni. Total langweiliger Kram, aber die beiden quasselten immer weiter. Mama tat so, als würde sie nicht zuhören, und fütterte Lili mit ihrem Brei, während Tim Papa von seinem Schachturnier erzählte. Oma und Gesa versuchten herauszuschmecken, womit der Fisch gewürzt war. Klaus schaufelte stumm sein Essen in sich hinein und war mal wieder als Erster fertig.

»Hat es dir geschmeckt?«, fragte Oma.

Klaus leckte sich die fettigen Lippen ab. »War nicht übel, aber die Portionen könnten größer sein.«

»Keine Sorge, es gibt noch Nachtisch«, beruhigte ich ihn.

Lili spuckte einen Löffel Brei auf das weiße Tischtuch und begann zu quengeln.

»Lass mich das mal machen«, sagte Papa und nahm Lili von Mamas Schoß.

»Bitte sehr!« Mama schob ihm den Brei hinüber. »Wenn

du meinst, du kannst das besser als ich ... Ich glaube allerdings nicht, dass Lili noch Hunger hat.«

»Komm mal her, mein kleiner Sonnenschein!«, säuselte Papa mit seiner speziellen Lili-Stimme. »Möchtest du noch etwas essen?«

Lili hörte sofort auf zu quengeln und sah Papa mit großen Augen an. Er nutzte die Gelegenheit und schob ihr einen Löffel Brei in den Mund. »Na also, ich wusste doch, dass mein süßer Schatz noch Hunger hat!«

Lili jauchzte begeistert und spuckte den Brei in hohem Bogen wieder aus, direkt auf Papas Hose.

»Ich hab's dir ja gleich gesagt«, stellte Mama fest, während Rudi sich fluchend den Brei von der Hose kratzte. »Aber du hältst dich ja offenbar für eine Art Supervater! Dabei fällt mir ein: Wann überweist du mir endlich den Unterhalt für die Kinder?«

»Sobald ich wieder etwas Geld habe«, versprach Rudi. »Du weißt doch, dass ich gerade pleite bin.«

»Für einen Urlaub scheint es ja noch zu reichen«, bemerkte Mama. »Oder lässt du dich etwa von deiner neuen Bekannten aushalten?«

»Natürlich nicht«, antwortete Rudi ärgerlich. »Was meinst du, warum wir in der Jugendherberge wohnen? Ich weiß wirklich nicht, wieso du immer auf mir herumhacken musst!«

»Ach nein? Das kann ich dir gerne erklären!« Mamas Stimme wurde lauter. »Weil du dich völlig verantwortungslos verhältst. Du zahlst keinen Unterhalt, tauchst immer nur dann auf, wenn es dir gerade in den Kram passt, und überlässt alle unangenehmen Dinge mir. Wann bist du denn zuletzt bei einem Elternsprechtag gewesen? Oder beim Kinderarzt?«

»Merkst du eigentlich gar nicht, wie ungerecht du bist?« Rudi schüttelte den Kopf. »Du bist doch diejenige, die mich ausgrenzt! Du versuchst, mich von meinen Kindern fernzuhalten, indem du dich mit diesem Hampelmann eingelassen hast!« Er nickte zu Thomas hinüber, der von dem Streit gar nichts mitbekam, weil er so in das Gespräch mit Melinda vertieft war.

Mama stand auf. »Jetzt reicht's mir«, sagte sie gefährlich ruhig. »So etwas muss ich mir nicht anhören.« Sie nahm Lili von Papas Schoß und legte sie in den Kinderwagen. Das passte Lili gar nicht. Sie fing sofort an zu schreien. »Komm, Thomas, wir gehen!«

»Jetzt schon?« Thomas sah überrascht auf. »Das Dessert ist doch noch gar nicht gekommen.«

»Ich habe keinen Hunger mehr. Aber wenn du noch bleiben möchtest, bitte, tu dir keinen Zwang an.« Mama manövrierte den Kinderwagen mit der brüllenden Lili zwischen den Tischen hindurch zum Ausgang.

»Warte doch, Lia!«, rief Thomas.

Aber Mama drehte sich nicht um. Vielleicht hatte sie Thomas auch nicht gehört, weil Lili so laut schrie. Sie verschwand in der Eingangshalle, und das Schreien wurde leiser.

Thomas sah ihr verwirrt nach. »Was hat sie denn?«

Niemand antwortete.

»Is everything all right, Rudi?« Melinda legte eine Hand auf Papas Arm.

Papa nickte mit versteinerter Miene. »Alles bestens.«

»Musste das sein, Rudi?«, fragte Oma mit gerunzelter Stirn.

Papa seufzte. »Tut mir leid, ich wollte euch nicht den Abend vermiesen.«

»Das fällt dir ja früh ein«, sagte Gesa spitz.

Papa stand auf. »Ich glaube, ich gehe jetzt besser.«

Melinda blieb sitzen. Ihr Gesicht war ein einziges großes Fragezeichen. Sie hatte keine Ahnung, was los war. »You want to go? Why?«

»Ich brauche ein bisschen frische Luft. Kommst du?« Er sah Melinda auffordernd an.

»Das ist doch albern«, sagte Oma. »Setz dich wieder hin, und iss deinen Nachtisch.«

»Ein andermal.« Papa rang sich ein Lächeln ab.

»Would you mind if I stay and finish my dinner?«, fragte Melinda. »Your family is really lovely!«

»No problem«, sagte Papa steif. »See you later.«

Er machte kehrt und verließ den Speisesaal. Gleichzeitig kam der Kellner und servierte den Nachtisch: Geeiste Erdbeer-Mousse mit Schokoladen-Sorbet und schwarzem Pfeffer.

»Soll ich die überzähligen Portionen zurückgehen lassen?«, fragte der Kellner.

»Nö, die nehme ich.« Klaus griff nach Papas und Mamas Schälchen und zog sie zu sich herüber.

Ich wusste nicht, ob ich weinen oder lachen sollte. Es gibt Momente, in denen ich meine ganze chaotische Familie glatt zum Mond schießen könnte!

Und dies war eindeutig einer davon.

17. Kapitel
Strandkorb Nummer 257

Liebe Emma,

hast Du Lust auf einen gemeinsamen Vormittag am Strand? Ich warte nach dem Frühstück in Strandkorb Nummer 257.
Ich freue mich auf Dich!

Dein Felix

Ich stand barfuß mitten im Zimmer, strich den Zettel glatt und las ihn noch einmal. Ein Brief von Felix! Ich hatte ihn morgens auf dem Weg ins Badezimmer auf dem Boden entdeckt. Felix musste ihn ganz früh, als Mona und ich noch schliefen, unter der Tür durchgeschoben haben. Wahrscheinlich, als er zum Schwimmen gegangen war.

Ich schüttelte ärgerlich den Kopf. Was sollte das? Warum ließ Felix mich nicht in Ruhe? Er hatte es doch offenbar geschafft, bei der blonden Seglerin zu landen, was wollte er dann noch von mir?

Oder war das alles ein großes Missverständnis?

Nein, ich hatte gesehen, was ich gesehen hatte. Ich knüllte den Zettel zusammen und warf ihn in den Papierkorb. Von mir aus konnte Felix in seinem Strandkorb warten, bis er schwarz wurde.

Ich ging ins Bad, wusch mich und zog mich an. Als ich zurück ins Schlafzimmer kam, lag Mona immer noch im Bett.

»Gehst du heute gar nicht zur Strandgymnastik?«, fragte ich.

Mona drehte sich stöhnend zu mir um. »Ich kann nicht«, jammerte sie. »Mir tut alles weh.«

»Bist du krank?«

Mona schüttelte den Kopf. »Muskelkater. Und was für einen! Ich schwör's dir, ich kann jeden einzelnen Muskel in meinem Körper spüren.«

Ich versuchte, mir ein Grinsen zu verkneifen. »Vielleicht hättest du es doch etwas langsamer angehen lassen sollen.«

Mona seufzte. »Dafür ist es jetzt leider zu spät.«

»Versuch's doch mal mit einer heißen Dusche«, schlug ich vor. »Die Dusche hier hat eine super Massagefunktion. Das lockert die verkrampften Muskeln.«

»Vielleicht später.« Mona kuschelte sich wieder unter ihre Decke. »Ich muss mich erst noch etwas ausruhen.«

»Okay«, sagte ich. »Ich geh schon mal zum Frühstück.«

Ich war sehr früh dran und deshalb die Erste an unserem Tisch. Aber das war mir nur recht. Nach dem verpatzten Abendessen konnte ich eine kleine Pause von meiner Familie gut gebrauchen. Ich schmierte mir ein Brötchen mit Butter und ganz viel Erdbeermarmelade und verzog mich auf die Terrasse. Sie lag noch im Schatten und war völlig leer. Endlich Ruhe! Ich machte es mir in einem Strandkorb bequem, biss in mein Brötchen und überlegte, was ich heute machen könnte. Mit Puck am Strand spazieren gehen? Oder mit Mona ein bisschen durch den Ort bummeln? Ich könnte auch versuchen, Tim zu einer Fahrradtour zu überreden …

Da hörte ich Stimmen hinter den Heckenrosenbüschen, die die Terrasse vom Garten abschirmten.

»Ich verstehe überhaupt nicht, warum du so sauer bist. Wir haben uns doch nur unterhalten! Es war alles völlig harmlos.« Das klang stark nach Thomas. Neugierig reckte ich den Hals. Zwischen den Rosenbüschen sah ich tatsächlich Mama und Thomas, die gerade auf dem Weg ins Hotel waren. Mama schob mit versteinerter Miene Lilis Kinderwagen. Gut, dass ich mir rechtzeitig ein ruhiges Plätzchen gesucht hatte. Zwischen Mama und Thomas schien ziemlich dicke Luft zu sein.

»Nur unterhalten?«, rief Mama. »Ihr seid in der Hotelbar versumpft! Es war halb zwei, als du zurück in die Pension gekommen bist! Das ist für mich alles andere als harmlos.«

Ich spitzte die Ohren. Offenbar hatte ich etwas verpasst, als ich gestern Abend nach der Erdbeer-Mousse sofort in mein Zimmer gegangen war.

»Okay, es ist vielleicht etwas später geworden«, gab Thomas zu. »Melinda und ich haben uns über Australien unterhalten und uns dabei einfach verquatscht. Das kann doch mal passieren.«

»Sag doch gleich, dass du sie interessanter findest als mich«, fauchte Mama. »Dummerweise war ich noch nie in Australien und werde in diesem Leben vermutlich auch nicht mehr hinkommen, weil ich leider nicht mehr fünfundzwanzig, sondern sechsunddreißig bin und mich um vier Kinder und eine Firma kümmern muss, die kurz vor der Pleite steht.«

Thomas seufzte. »Findest du nicht, dass du etwas überreagierst?«

»Nein, das finde ich nicht.« Mama blieb stehen. »Ich sag dir jetzt mal, was ich denke: Ich bin zu alt für dich. Du solltest dir eine nette Studentin suchen, die frei und ungebunden ist und mit der du in den Semesterferien spannende Reisen unternehmen kannst.«

»So ein Unsinn!« Thomas klang jetzt richtig verzweifelt. »Ich liebe dich, Lia, das weißt du doch! Und dein Alter ist mir völlig egal.«

»Denk in Ruhe darüber nach«, sagte Mama. »Wenn du ehrlich zu dir bist, wirst du sehen, dass ich recht habe.« Sie ließ Thomas einfach stehen und schob mit Lili davon.

Thomas sah ihr kopfschüttelnd nach und murmelte etwas vor sich hin. Dann ging er langsam in die andere Richtung.

Eigentlich hätte ich mich freuen müssen. Ein ordentlicher Krach zwischen Mama und Thomas war genau das, wovon ich immer geträumt hatte. Mit etwas Glück würde es keine Versöhnung geben, und Thomas würde wieder aus unserem Leben verschwinden.

Aber warf ich jetzt mein Brötchen in die Luft und jubelte? Legte ich einen Freudentanz auf der Terrasse hin? Begann ich vor Glück laut zu singen?

Nein, das tat ich nicht. Stattdessen blieb ich still sitzen und fühlte mich seltsam beklommen. Thomas' Gesichtsaudruck ging mir nicht aus dem Kopf. Als er Mama nachgeschaut hatte, hatte er so traurig und verzweifelt ausgesehen, dass er mir tatsächlich ein klitzekleines bisschen leidgetan hatte. Wer hätte das gedacht?

Nachdenklich aß ich mein Brötchen auf, brachte meinen Teller zurück in den Speisesaal und verdrückte mich wieder durch die Terrassentür in den Garten, bevor mich jemand entdecken konnte. An unserem Tisch hatten sich inzwischen Oma, Gesa, Mama, Lili und Tim versammelt. Mona lag vermutlich noch im Bett und kurierte ihren Muskelkater aus. Wo Klaus steckte, wusste ich nicht. Und es war mir auch ziemlich egal.

Ich beschloss, Puck zu holen und einen Spaziergang zu machen. Doch als ich gerade zum Gästehaus gehen wollte, sah ich jemanden aus dem Hotel kommen. Das Segelboot-Mädchen! Heute trug sie ein rotes Sommerkleid mit Spaghetti-Trägern und rote Turnschuhe. Neidisch betrachtete ich ihre glatten blonden Haare, die zu einem ordentlichen Pferdeschwanz gebunden waren. Meine Haare konnte ich kämmen, so oft ich wollte, sie standen immer irgendwie strubbelig vom Kopf ab.

Leichtfüßig lief das Mädchen in Richtung Strand. Ohne genau zu wissen, warum, folgte ich ihr durch die Dünen. Na ja, eigentlich wusste ich es doch. Ich wollte herausfinden, was sie vorhatte. Ob sie auf dem Weg zu Felix war? Hatte er sie etwa auch zum Strand bestellt?

Auf dem Dünenpfad war nicht viel los. Wahrscheinlich saßen die anderen Urlauber noch beim Frühstück. Ich ließ mich etwas zurückfallen, damit das Mädchen mich nicht bemerkte. Es wäre ziemlich peinlich gewesen, wenn sie sich plötzlich umgedreht und mich gefragt hätte, warum ich hinter ihr herrannte. Andererseits hätte es ja auch sein können, dass ich rein zufällig ebenfalls zum Strand unterwegs war.

Denn zum Strand wollte das Mädchen ganz offensichtlich. Sie lief die Düne hinab aufs Meer zu und bog dann zu den Strandkörben ab. Jetzt musste ich noch vorsichtiger sein, damit ich nicht aus Versehen Felix über den Weg lief. Vielleicht saß er ja in einem der Strandkörbe und wartete auf mich ...

Das Mädchen ging zielstrebig auf einen Strandkorb zu. Es setzte sich hinein und verschwand aus meinem Blickfeld. Ich machte einen weiten Bogen, bis ich von vorne in den Strandkorb hineinsehen konnte. Was ich erblickte, war wie ein Fausthieb in den Magen. Mir wurde schwindelig, und ich ließ mich hinter einem verrosteten Mülleimer in den Sand sinken. Obwohl ich am liebsten die Augen geschlossen hätte, konnte ich nicht wegschauen.

Denn in Strandkorb Nummer 257 saßen das Segelboot-Mädchen und Felix so dicht nebeneinander, dass sich ihre Schultern berührten. Das Mädchen redete auf Felix ein, während er aufs Meer starrte. Dann hob sie die Hand und streichelte seine Wange. Er sah sie an und lächelte traurig.

Das war zu viel für mich. Ich sprang auf und rannte davon. Es war mir egal, ob Felix und seine Freundin mich sahen oder nicht. Ich wollte nur weg. Und zwar so schnell wie möglich. Mit zitternden Knien lief ich die Düne hinauf und immer weiter, bis die Strandkörbe nicht mehr zu sehen waren. Dann ließ ich mich auf die nächstbeste Bank fallen und wartete darauf, dass sich mein rasender Herzschlag wieder beruhigte.

Fast genauso schnell wie mein Herz rasten die Gedanken durch meinen Kopf. Felix war also doch ein Lügner! Diesmal war es so eindeutig gewesen, dass sogar die leise Stimme, die Felix beim letzten Mal verteidigt hatte, stumm blieb.

Ich musste der Wahrheit ins Auge sehen: Felix war mit dem Segelboot-Mädchen zusammen. Und er hatte mich eiskalt angelogen. Er hatte die ganze Zeit nur so getan, als ob er mich nett finden würde. Aber warum hatte er mich dann heute zum Strand bestellt? Um mir zu sagen, dass er vergeben war? Na, das hatte ich inzwischen auch alleine herausgekriegt.

Ich beschloss, Felix ein für alle Mal aus meinem Kopf, meinen Gedanken und meinem Herzen zu streichen.

Doch eine Frage blieb: Wie hatte ich mich nur so in ihm täuschen können?

18. Kapitel

Liebeskummer verbindet

Den Vormittag verbrachte ich mit Oma und Tim im Strandkorb. Tim hatte natürlich einen Stapel seiner langweiligen Bücher dabei, aber ich konnte ihn trotzdem zu einer Runde Beachball überreden. Das lenkte mich ein bisschen von meinem Felix-Kummer ab. Mama und Lili kamen etwas später auch dazu. Lili freute sich, mich zu sehen, und das war ein richtig gutes Gefühl. Ich nahm sie auf den Schoß und fütterte sie mit Obstmus, danach robbten wir eine Weile durch den Sand und bewarfen uns gegenseitig mit Muscheln. Mona und Gesa machten eine Radtour, der Rest der Familie ließ sich nicht blicken.

Nachmittags begann es passend zu meiner Stimmung zu regnen. Ich verkroch mich ins Bett, und meine Gedanken waren so düster wie der Himmel draußen. So hatte ich mir meine erste Urlaubsreise nicht vorgestellt! Erst knutschte Mama ständig mit Thomas herum, dann tauchte Papa mit seiner neuen Flamme auf, meine Eltern gifteten sich die ganze Zeit an, und ich musste mich ausgerechnet in den größten Lügner von ganz Wattenbüll verknallen. Herzlichen Glückwunsch, Emma, tolle Ferien!

Puck versuchte, mich aufzumuntern. Er sprang aufs Bett und schleckte mir über das Gesicht, aber ich hatte nicht genug Energie, um mit ihm zu spielen.

So fand mich Mona, als sie am späten Nachmittag klitschnass von ihrer Radtour zurückkam.

»Blödes Mistwetter!«, schimpfte sie und zog ihre tropfenden Klamotten aus. »Der Regen hat uns auf dem Rückweg überrascht, wir konnten uns nicht mal unterstellen. Und dann hatten wir auch noch fürchterlichen Gegenwind. Also, ich mache heute keinen Schritt mehr vor die Tür.« Sie schlüpfte in ihren Bademantel und kuschelte sich neben mich ins Bett. »Was ist denn los mit dir?«, fragte sie. »Du sagst ja gar nichts. Ist was passiert?«

»Nein«, antwortete ich. »Doch. Na ja, wie man's nimmt.«

»Spuck's schon aus! Vielleicht kann ich dir helfen.«

»Mir kann niemand helfen«, sagte ich mit Grabesstimme.

»So schlimm?« Mona sah jetzt richtig besorgt aus.

Ich nickte. Und dann erzählte ich Mona alles. Von Felix, dem Segelboot-Mädchen und dem Strandkorb.

Mona hörte aufmerksam zu. »Und du bist ganz sicher, dass du nicht irgendetwas falsch verstanden hast?«, fragte sie, als ich fertig war.

Ich nickte. »Die Situation war eindeutig.«

Mona streichelte Puck, der zwischen uns lag. »Wenn es wirklich so ist, wie du meinst, dann ist dieser Felix ein totaler Mistkerl. Und an einen Mistkerl solltest du keinen Gedanken mehr verschwenden. Es bringt nichts, die ganze Zeit hier herumzuliegen und Trübsal zu blasen. Das macht alles nur noch schlimmer. Was du jetzt brauchst, ist Ablenkung. Was hältst du davon, wenn wir nach dem Abendessen in die Kaminbar gehen? Wir könnten was trinken und ein bisschen quatschen.«

»Ich weiß nicht«, sagte ich unentschlossen. »Eigentlich hab ich keine große Lust.«

»Aber ich.« Mona setzte sich auf. »Ich hab sogar Lust für uns beide.«

Mona war unerbittlich. Nach dem Abendessen schleppte sie mich tatsächlich in die Kaminbar, die direkt neben dem Speisesaal lag. Ich musste zugeben, dass es hier ziemlich gemütlich war. Es gab logischerweise einen Kamin, in dem ein Feuer prasselte, mehrere Sitzecken mit braunen Ledersesseln und eine kleine Theke, hinter der ein glatzköpfiger Mann stand und Bier zapfte.

Ich blieb überrascht stehen. An der Theke saßen Papa und Thomas über zwei halb leeren Biergläsern und unterhielten sich. Was zum Teufel machten die beiden hier? Und seit wann tranken sie zusammen Bier? Bisher hatten sie sich jedes Mal beinahe geprügelt, wenn sie sich über den Weg gelaufen waren.

»Ich versteh das einfach nicht«, sagte Thomas gerade. »Warum ist sie plötzlich so sauer auf mich? Ich hab ihr doch überhaupt nichts getan!«

»Versuch gar nicht erst, die Frauen zu verstehen«, riet Papa. »Und Lia schon gar nicht. Sie ist eine tolle Frau, keine Frage, aber auch kompliziert. Sehr kompliziert sogar. Man kann es ihr einfach nie recht machen.«

Thomas nickte. »Ich weiß, was du meinst.« Er trank einen Schluck Bier. »Und wie läuft es mit Melinda? Wo steckt sie eigentlich?«

Papa sank noch etwas mehr in sich zusammen. Seine Nasenspitze verschwand fast in seinem Bierglas. »Keine Ahnung«, murmelte er. »Wir hatten Krach, und sie ist abgehauen.«

»Was? Ihr auch?« Thomas schüttelte den Kopf. »Das gibt's doch nicht! Was war denn los?«

»Sie glaubt, ich hätte sie gestern im Zug nur angesprochen, um Lia eifersüchtig zu machen.« Papa seufzte. »Du weißt schon, weil meine Ex doch jetzt mit dir zusammen ist ...«

»Verstehe ... Und? Hat sie recht?«

Papa fuhr sich mit beiden Händen durch die Haare. Sie waren wieder mal viel zu lang, weil er immer vergisst, zum Friseur zu gehen. »Na ja ... am Anfang war es vielleicht tatsächlich ein bisschen so. Wäre ja wirklich ziemlich blöd gewesen, ganz allein hier aufzukreuzen, während Lia mit dir und den Kindern glückliche Patchworkfamilie spielt. Aber ... na ja ... Melinda ist eine klasse Frau. Sie ist jung und selbstbewusst, sie sieht gut aus und hat was im Kopf.«

Thomas nickte eifrig. »Und sie hat einen super Humor. Wir haben gestern Abend viel gelacht.«

Papa seufzte noch einmal. »Tja, ich schätze, ich hab's mal wieder vergeigt. Ich hätte ihr gleich von Lia erzählen sollen. Und dass mir die Sache mit euch beiden ziemlich gegen den Strich geht.«

»Du kannst ihr doch jetzt auch noch alles erklären«, sagte Thomas. »Sie versteht das bestimmt.«

»Wahrscheinlich ist sie längst auf und davon«, murmelte Papa. »Ich hab nun mal kein Glück mit Frauen ...«

In diesem Moment entdeckte uns der Barmann und fragte: »Wollt ihr was bestellen, Mädels?«

Rudi und Thomas fuhren herum.

»Was macht ihr denn hier?«, fragte Papa überrascht.

»Äh …« Ich räusperte mich ertappt. »Wir wollten bloß was trinken. Und ihr?«

»Wir quatschen ein bisschen.« Papa tat so, als wäre das das Normalste der Welt.

Mona bestellte zwei Cola. Dann zeigte sie auf eine kleine Sitzecke ganz hinten im Raum. »Komm, da drüben sieht es nett aus.« Sie ging los und ließ sich in einen der tiefen Ledersessel sinken.

Ich folgte ihr zögernd und setzte mich in den anderen Sessel. »Warum bist du so schnell abgehauen?«, zischte ich. »Ich hätte gerne noch etwas länger zugehört. Es wurde gerade richtig interessant!«

»Wir sollten die beiden in Ruhe lassen«, sagte Mona. »Ist doch gut, wenn sie sich endlich mal aussprechen.«

»Vielleicht ist das gar nicht mehr nötig«, unkte ich. »Könnte sein, dass die Sache mit Thomas sowieso gelaufen ist.« Ich erzählte Mona von dem Streit, den ich heute Morgen mitgehört hatte.

»Ach, das kann sich alles noch einrenken«, meinte Mona. »Die vertragen sich bestimmt wieder.«

Eigentlich wäre ich ja heilfroh gewesen, Thomas loszuwerden. Andererseits hatte ich mich in den letzten Monaten beinahe an ihn gewöhnt. Und wer wusste schon, wen Mama als Nächstes anschleppen würde? Sofort malte ich mir die schlimmsten Möglichkeiten aus …

Liste der schrecklichsten Männer, in die sich meine Mutter verlieben könnte:

1. Ein Öko-Freak aus einem ihrer Gesundheits-Kurse, der sich nur von Müsli und Rohkost ernährt

2. Ein Rocker mit Lederkluft und Rauschebart, der die ganze Zeit Bier trinkt und noch lauter rülpsen kann als Klaus (und das auch tut)
3. Ein Ordnungsfanatiker, der immer überall aufräumen muss, die Handtücher Kante auf Kante in den Schrank legt und sich ständig darüber aufregt, dass mein Zimmer so ein Saustall ist
4. Ein Kumpel-Typ, der glaubt, er müsste sich mit mir anfreunden, und der am Wochenende ständig langweilige Sachen wie Spaziergänge, Zoo- oder Museumsbesuche mit mir unternehmen will
5. Und die schlimmste Möglichkeit von allen: ein **MATHELEHRER** (ohne Worte!!!)

Im Vergleich zu solchen Typen war Thomas geradezu ein Hauptgewinn. So gesehen war es fast schade, dass Mama dabei war, ihn abzuservieren.

Der Barmann brachte unsere Cola. Mona und ich tranken einen Schluck.

»Ich habe übrigens eine Neuigkeit, die dich garantiert aufheitern wird«, sagte Mona.

»Was denn? Hast du Felix die Luft aus den Reifen gelassen?«

Mona verdrehte die Augen. »Nein, natürlich nicht. Aber ich hab vorhin beim Kurhaus ein Plakat gesehen. Morgen Abend findet am Strand eine große Beach-Party statt. Mit Lagerfeuer, gegrillten Würstchen, Karaoke und vielem mehr. Na, was sagst du?« Mona schaute mich erwartungsvoll an.

Ich schüttelte den Kopf. »Keine Lust.«

»Jetzt komm schon!«, drängelte Mona. »Es ist unser letzter Urlaubsabend, das sollten wir feiern.«

»Mir ist aber nicht nach Feiern zumute.«

»Überleg es dir wenigstens noch mal«, bat Mona. »Ich gehe auf jeden Fall hin. Aber alleine ist es nur halb so lustig.«

Ich zeigte auf Tim, der gerade mit einem Stapel Bücher die Bar betrat. »Frag doch Tim. Vielleicht kommt er ja mit.«

Mein Bruder kam zu unserem Tisch und stellte seine Bücher ab.

»Mona will morgen mit dir auf eine Party gehen«, verkündete ich.

Tim kratzte sich verwirrt am Kopf. »Was für eine Party?«

»Eine Beach-Party«, erklärte Mona und fügte überflüssigerweise hinzu: »Am Strand.«

»Tja, mal sehen«, sagte Tim etwas unschlüssig. »Eigentlich finde ich Partys nicht so toll …«

»Was ist eigentlich los mit dir?« Ich nahm das oberste Buch vom Stapel. »Du wirst noch ein richtiger Streber.«

Es war die Einstein-Biografie. Als ich das Buch aufschlug, flatterte mir ein Brief entgegen. Oben standen Tims Name und unsere Adresse in Tupfingen. Mehr konnte ich leider nicht lesen, weil Tim mir den Zettel blitzschnell aus der Hand riss.

»Lass das!«, schimpfte er. »Das ist vertraulich.«

Ich runzelte die Stirn. »Seit wann haben wir denn Geheimnisse voreinander?«

»Also wirklich, Emma.« Mona schüttelte den Kopf. »Briefe sind privat, das müsstest du eigentlich wissen.«

»War das etwa ein Liebesbrief?«, fragte ich.

Tim wurde rot. »Quatsch!«

Ich grinste. »Natürlich war es ein Liebesbrief! Was denn sonst? Hast du etwa eine heimliche Freundin? Erzähl schon!«

»Da gibt es nichts zu erzählen. Und jetzt will ich in Ruhe lesen.« Tim nahm seine Bücher und verzog sich an einen freien Tisch am anderen Ende der Bar.

»Jetzt hast du ihn vergrault«, sagte Mona vorwurfsvoll. »Bloß weil du immer so neugierig bist.«

»Musst du gerade sagen!« Ich sah zu Tim hinüber, der sich hinter einem aufgeschlagenen Buch versteckte. Aber ich hätte wetten können, dass er in Wirklichkeit gar nicht las. »Du bist doch viel neugieriger als ich. Ich gehe den Dingen einfach gerne auf den Grund.«

Mona kicherte. »So kann man es auch nennen.«

Wir blieben noch eine Weile sitzen, quatschten und tranken unsere Cola aus. Mona hatte recht gehabt: Es war tatsächlich eine gute Idee gewesen, ein bisschen unter Leute zu kommen. Mir ging es schon viel besser. Es ging mir sogar so gut, dass ich mich kurz mit Thomas unterhielt, als er auf dem Weg zum Klo an unserem Tisch vorbeikam. Unsere Unterhaltung lief folgendermaßen ab:

Ich: Na, wie geht's?
Thomas: Geht so.
Ich: Ist Mama immer noch sauer auf dich?
Thomas: Und wie. Sie hat den ganzen Tag kein Wort mit mir geredet.
Ich: Ich wüsste ja, wie du sie ganz schnell wieder versöhnen kannst.

Thomas (skeptisch): Echt? Wie denn?
Ich: Du musst ihr ein schmalziges Liebeslied vorsingen. Das findet sie super.
Thomas: Bist du sicher?
Ich: Na klar! Als Daniel für Mona einen selbst geschriebenen Song gesungen hat, war Mama hin und weg. Probier es aus, dann wirst du schon sehen …
Thomas: Lieber nicht. Ich kann leider überhaupt nicht singen. Mich haben sie als kleinen Jungen sogar aus dem Kinderchor geworfen, weil ich keinen Ton halten kann.
Ich: Ehrlich? Das wusste ich gar nicht.
Thomas (grinst): Es gibt einiges, was du nicht über mich weißt.
Ich: Stimmt. Aber du solltest es trotzdem versuchen. Das mit dem Lied, meine ich.
Thomas: Ich denk drüber nach. Auf jeden Fall vielen Dank für den Tipp.

Thomas verschwand auf dem Klo. Und ich fragte mich, ob ich noch ganz klar im Kopf war, weil ich ihm jetzt schon Ratschläge in Liebesdingen gab. Manchmal verstehe ich mich selbst nicht richtig. Aber vielleicht ist es ja auch einfach so, dass Liebeskummer verbindet.

19. Kapitel

Ein völlig fremder Junge

Eigentlich hatte ich beschlossen, nicht zur Beach-Party zu gehen. Ich hatte keine Lust zu feiern, und außerdem wollte ich Felix nicht über den Weg laufen. Morgen würden wir zurück nach Hause fahren. Ich würde ihn nie wiedersehen, und das war gut so.

Doch als ich in unserem Zimmer auf dem Boden saß und mit Puck »Fang den Ball« spielte, wehte durch die geöffnete Terrassentür Musik vom Strand herein. Und der Duft von Bratwürstchen. Ich liebe Bratwürstchen! Zu Hause gibt es fast nie welche, weil Gesa angeblich allein von dem Geruch nach Fleisch schon schlecht wird. (Ist das nicht total verrückt?!)

Es waren die Würstchen, die den Ausschlag gaben.

»Findest du nicht auch, dass ich ein Recht auf Bratwürstchen habe?«, fragte ich, und Puck bellte zustimmend. Ich kraulte ihn hinter den Ohren. »Sei schön brav und stell keinen Unsinn an, hörst du?«, ermahnte ich ihn. »Wenn wir wieder in Tupfingen sind, darfst du endlich herumlaufen, wo du willst!«

Bei dem Gedanken daran, wie ich Oma und Mama die Sache mit Puck erklären sollte, wurde mir etwas mulmig zumute. Wahrscheinlich würde es ziemlichen Ärger geben, aber ich hoffte, dass Puck trotzdem bei uns bleiben durfte. Am besten wäre es, Puck irgendwie unbemerkt nach

Tupfingen zu schmuggeln. Wenn er erst mal da war, würde Mama ihn bestimmt nicht mehr wegschicken. Aber wie sollte ich das schaffen? Puck würde garantiert nicht stundenlang still in meinem Rucksack sitzen. Doch darüber konnte ich mir morgen immer noch Gedanken machen. Jetzt brauchte ich erst mal eine Bratwurst!

Ich schlüpfte in meine Flipflops, fuhr mir mit der Bürste durch die Haare und ging los.

Der Strand war voller Leute. Alte und junge, Touristen und Einheimische, der ganze Ort war auf den Beinen. Ich sah ein paar Gäste aus dem *Friesenhof*, die Kids aus der Jugendherberge und unseren rothaarigen Kellner mit den Pickeln auf der Stirn. Er trug ein blaues Friesenhemd und stand an einem riesigen Grill, auf dem mindestens dreißig Würstchen brutzelten. Es roch superlecker.

Ich ging zum Grill und holte mir eine heiße Wurst. Vorsichtig biss ich ab und schlenderte kauend zwischen den Leuten hindurch zum Lagerfeuer, das in der Mitte des Strandes hohe Flammen schlug. Das Knistern des Feuers und das Rauschen der Brandung bildeten die Hintergrundgeräusche der Party. Ein DJ legte Musik auf, die aber fast im Stimmengewirr der Leute unterging.

Ich entdeckte Tim und Mona auf der anderen Seite des Feuers und ging zu ihnen hinüber.

Mona winkte mir zu. »Hey, Emma, toll, dass du doch noch kommst!«

»Die Bratwürstchen sind schuld«, sagte ich. »Ihr Duft hat mich hergelockt.«

»Möchtest du auch einen Früchtepunsch?« Mona hielt

ihren Becher hoch. »Den gibt es dort hinten, schmeckt prima.« Sie zeigte auf eine kleine Theke, über der ein Holzschild mit der Aufschrift *Strandbar* prangte.

»Nein danke«, sagte ich. »Vielleicht später.« Ich stieß Tim mit dem Ellbogen in die Seite. »Ich hätte nicht gedacht, dass du hier auftauchst. Sag bloß, du hältst es tatsächlich einen Abend ohne deine Bücher aus!«

»Ich hab alle durch«, sagte Tim. »Aber morgen sind wir ja wieder zu Hause, da kann ich mir neuen Lesestoff aus der Bücherei holen.«

»Arbeitet deine neue Freundin vielleicht in der Bücherei?«, stichelte ich.

Tim schüttelte grinsend den Kopf.

Ich überlegte einen Moment. »Jetzt hab ich's! Es ist ein Mädchen aus deinem Schachklub! Oder jemand, den du bei diesem Schachturnier kennengelernt hast.«

»Wieder falsch«, sagte Tim. »Gib's auf, Emma. Du kommst nicht drauf. Weil ich nämlich gar keine Freundin habe.«

»Und von wem war der Brief?«

»Das geht dich gar nichts an!« Tim ließ sich nicht aus der Ruhe bringen.

So kam ich nicht weiter. Freiwillig würde Tim mir nie verraten, wer seine geheimnisvolle Brieffreundin war. Ob sie etwas mit seiner plötzlichen Lesewut zu tun hatte? Vielleicht wollte er sie mit seinem umfassenden Wissen beeindrucken. Aus Liebe tut man bekanntlich die seltsamsten Dinge …

»Ich werde schon noch rauskriegen, was mit dir los ist«, sagte ich. »Verlass dich drauf!«

Tims Antwort bekam ich nicht mehr richtig mit, denn in diesem Moment entdeckte ich ein Gesicht in der Menge. Felix! Er stand am Grill und biss in ein Würstchen. Es schien ihm zu schmecken. Komischerweise machte mich das total wütend, viel wütender als alles andere. Wie konnte er nach allem, was passiert war, hier auf der Party herumstehen und seelenruhig ein Würstchen futtern?

Jetzt drehte er sich um und sah genau in meine Richtung. Er stutzte und hörte einen Moment auf zu kauen. Dann setzte er sich in Bewegung. Er kam direkt auf mich zu.

Ich krallte meine Finger in Monas Arm. »Aua!«, rief sie. »Was soll das?«

»Dahinten ist Felix«, sagte ich. »Er kommt rüber. Was soll ich denn jetzt machen?« Am liebsten wäre ich weggelaufen, aber meine Füße bewegten sich nicht. Sie standen wie festgewachsen im Sand.

»Wo?« Mona reckte neugierig den Hals. »Ist doch klasse, dann lerne ich ihn auch mal kennen.«

Schön, dass sich wenigstens eine von uns freute.

»Wer ist Felix?«, fragte Tim.

»Niemand«, sagte ich. Und das stimmte ja auch. Er war niemand mehr für mich.

Dieser Niemand war jetzt fast bei uns angekommen. Er zögerte. Ich hoffte schon, er hätte es sich anders überlegt und würde einfach wieder umkehren und in der Menge verschwinden, da rief Mona: »Hallo, komm ruhig her! Du bist Felix, stimmt's?«

Ich hätte sie glatt erwürgen können.

Felix stellte sich zu uns und lächelte schüchtern. »Stimmt. Und du bist?«

»Mona«, sagte Mona. »Emmas Freundin und Mitbewohnerin. Und das ist Tim, Emmas Bruder.«

Die beiden Jungs nickten sich zu. Tim sah mich fragend an. Er kannte mich ziemlich gut und merkte genau, dass hier etwas ganz und gar nicht stimmte.

»Emma hat schon viel von dir erzählt«, plapperte Mona weiter.

Ich trat ihr so unauffällig wie möglich auf den Fuß. Da ich nur Flipflops anhatte, tat es vermutlich nicht besonders weh. Mona verzog jedenfalls keine Miene.

»Ehrlich?« Felix fuhr sich durch seine strubbeligen Haare und warf mir einen verwirrten Blick zu.

Ich starrte zu Boden und hoffte, er würde sich durch einen wundersamen Zauber einfach in Luft auflösen. Leider tat er mir den Gefallen nicht.

»Wie geht es Puck?«, fragte er stattdessen.

»Prima«, sagte Mona, als ich nicht antwortete. »Er ist topfit.«

»Wer ist Puck?«, fragte Tim. »Allmählich kapiere ich gar nichts mehr!«

Die Situation wurde immer seltsamer. Ich war kurz davor, mich einfach umzudrehen und zurück ins Hotelzimmer zu gehen. Die Party war für mich sowieso gelaufen. Meine Laune war auf einem absoluten Tiefpunkt angekommen. Ich konnte mich genauso gut gleich ins Bett legen.

Doch da fragte Felix: »Bist du eigentlich wegen irgendetwas sauer auf mich, Emma?«

Ich hob den Kopf und starrte ihn an. Seine graublauen Augen wirkten im Abendlicht dunkler als sonst. Er machte sich nicht über mich lustig. Er schien es tatsächlich ernst zu meinen!

»Sauer?« Ich spuckte ihm das Wort beinahe vor die Füße. »Du willst wissen, ob ich *sauer* bin?«

»Genau«, sagte Felix. »Weil du gestern nicht zum Strand gekommen bist. Du hast meinen Brief doch gekriegt, oder?«

Ich nickte langsam. »Allerdings. Aber ich hatte keine Lust, dich zu sehen, stell dir das mal vor.«

Felix schluckte, doch so schnell gab er nicht auf. »Und ... und warum nicht?«, fragte er. »Hab ich was falsch gemacht?«

Jetzt platzte mir der Kragen. »Hör endlich auf mit den Spielchen!«, fuhr ich ihn an. »Ich weiß alles!«

Das hatte gesessen. Felix wurde blass. »D...du weißt es?«, stammelte er.

Ich nickte. »Da staunst du, was? Du hast mich die ganze Zeit angelogen!«

Felix ließ den Kopf hängen. Er sah aus wie das wandelnde schlechte Gewissen. »Es tut mir so leid, Emma! Ich wollte ja mit dir reden. Aber es hat sich irgendwie nicht ergeben. Gestern wollte ich dir alles erzählen, ehrlich! Aber du bist nicht gekommen ...«

»Nein, das war nicht mehr nötig.«

Mein Verdacht war also tatsächlich richtig gewesen. Felix stritt es nicht einmal ab, er gab einfach alles zu. Dabei hatte ein klitzekleiner Teil von mir immer noch gehofft, die Sache würde sich aufklären. Aber diese Hoffnung konnte ich nun endgültig begraben. Ich schluckte. Jetzt bloß nicht heulen! Heulen kam gar nicht infrage.

»Du hast mir also die ganze Zeit etwas vorgespielt?«, fragte ich.

Felix nickte beklommen. »Das war so nicht geplant, das musst du mir glauben. Ich bin irgendwie immer tiefer in die Sache reingerutscht. Und irgendwann war es zu spät, um dir die Wahrheit zu sagen.«

Er hatte also wirklich nur so getan, als ob er mich mögen würde. Von wegen, das tollste Mädchen, das ich je gesehen habe! Nichts davon war echt gewesen.

»Meinst du, du kannst mir irgendwann verzeihen?«, fragte Felix.

»Vergiss es!«, knurrte ich. »Du bist für mich gestorben.«

In diesem Augenblick tauchte das Segelboot-Mädchen neben Felix auf. Ich schloss kurz die Augen. Auch das noch! Die hatte mir gerade noch gefehlt.

»Hallo, allerseits!« Sie lächelte in die Runde.

Sie war etwas jünger als ich und sah eigentlich ganz nett aus. Vielleicht hätten wir sogar Freundinnen werden können, wenn wir uns unter anderen Umständen kennengelernt hätten.

»Hier steckst du also!« Sie hakte sich bei Felix ein. »Ich hab dich schon überall gesucht.«

»Keine Sorge, Felix hat gleich wieder Zeit für dich«, sagte ich mit eisiger Stimme. »Ich verzieh mich jetzt, dann könnt ihr in Ruhe herumturteln. Ich werde euch bestimmt nicht dabei stören.«

Felix runzelte die Stirn. »Was soll das, Emma? Du störst doch nicht!«

Ich lachte höhnisch. »Frag doch mal deine Freundin, die sieht das bestimmt anders!«

Felix starrte mich an, als würde ich chinesisch sprechen. Die Luft zwischen uns knisterte mindestens genauso heftig wie das Lagerfeuer.

Das Segelboot-Mädchen prustete los. Ich hätte ihr am liebsten einen kräftigen Tritt gegen das Schienbein verpasst. Ich sagte ja schon, dass ich es nicht leiden kann, wenn man mich auslacht.

»Freut mich, dass du dich amüsierst!«, fuhr ich sie an. »Ich finde das leider nicht so witzig.«

»Hast du wirklich geglaubt, ich wäre mit Felix zusammen?«, gluckste das Mädchen. »Das ist gut!«

»Wieso?«, fragte ich verdutzt. »Du bist doch seine Freundin, oder?«

Sie schüttelte den Kopf. »Ich bin seine Schwester. Und ich heiße Julia.«

»Seine Schwester? Aber das kann doch nicht sein …« In meinen Ohren rauschte es, und mein Kopf war wie leer gefegt. Jetzt kapierte ich gar nichts mehr.

»Und ob!«, sagte Julia fröhlich.

»Du hast Julia tatsächlich für meine Freundin gehalten?«, fragte Felix. »Jetzt wird mir einiges klar! Kein Wunder, dass du sauer auf mich bist.«

»Ich hab euch zusammen gesehen …« Ich rieb mir die Stirn, um besser nachdenken zu können. »Beim Radfahren. Und gestern früh im Strandkorb. Ihr habt ganz dicht nebeneinander gesessen … und sie hat deine Wange gestreichelt …«

»Ja, ich musste Felix ein bisschen trösten«, erklärte Julia. »Er war total am Boden zerstört, weil du nicht gekommen bist. Ich fürchte, der arme Junge hat sich Hals über

Kopf in dich verknallt. Und das kommt bei meinem Bruder wirklich nicht oft vor, das kannst du mir glauben!«

Julias Worte drangen nur ganz allmählich zu mir durch. »Aber wieso hast du mir nichts von Julia erzählt?«, fragte ich Felix. »Am Hafen bist du einfach abgehauen, als sie aufgekreuzt ist. Und später hast du behauptet, du würdest sie nicht kennen!«

Felix seufzte. »Ich konnte dir nichts von Julia erzählen, weil ... weil ich dir tatsächlich etwas vorgespielt habe, Emma. Allerdings hatte das nichts mit einem anderen Mädchen zu tun, sondern ... mit dem Ferienjob im Hotel.«

Julia runzelte die Stirn. »Was denn für ein Ferienjob?«

»Das ist es ja gerade!« Felix sah mich ernst an. »Ich arbeite überhaupt nicht im Hotel. Ich mache hier Urlaub, genau wie du. Zusammen mit Julia und unseren Eltern. Wir fahren jedes Jahr in den *Friesenhof*, das ist so eine Art Familientradition.«

»Was?« Ich starrte Felix ungläubig an.

Er senkte den Blick. »Das war es, was ich dir die ganze Zeit sagen wollte.«

»Du hast behauptet, du würdest im Hotel arbeiten?«, fragte Julia. »Wieso denn?«

Felix zuckte mit den Schultern. »Das hat sich bei unserem ersten Treffen so ergeben ... Emma ist einfach davon ausgegangen, dass ich einer der Angestellten bin. Und bis ich das kapiert hatte, war es zu spät, um die Sache richtigzustellen.«

Ich sah alles wieder genau vor mir. Felix mit dem Stapel Handtücher auf dem Arm. Die Handtücher, die auf dem Boden landen, als er mir zuwinkt ...

»Für wen waren die Handtücher?«, fragte ich.

»Für meine Mutter.« Felix grinste schief. »Sie verbraucht immer Unmengen davon beim Baden. Ich hatte gerade nichts zu tun, darum hab ich mir am Empfang neue Handtücher geben lassen, anstatt den Zimmerservice zu rufen.«

»Und beim Abendessen hast du gar nicht gekellnert?«

Felix schüttelte den Kopf. »Nein, ich war nur zufällig dort. Wir wohnen in der Penthouse-Suite ganz oben im Gästehaus. Dort essen wir auch, darum hast du unsere Familie nie im Speisesaal gesehen.«

»Mannomann.« Mehr fiel mir nicht ein. Ich war total platt.

»Mir ist erst am nächsten Morgen so richtig klar geworden, dass du mich für einen Hotelangestellten hältst«, sagte Felix. »Ich wollte die Sache richtigstellen, aber du warst so begeistert, weil ich in den Ferien jobbe, statt das Geld meiner Eltern auszugeben. Na ja … da hab ich mich nicht mehr getraut, dir die Wahrheit zu sagen. Ich dachte, dann willst du vielleicht nichts mehr mit mir zu tun haben …«

»Darum kannte also niemand an der Rezeption deinen Namen«, murmelte ich.

»Ja, und mit der Zeit wurde die Sache immer komplizierter«, erzählte Felix weiter. »Am Hafen tauchte Julia plötzlich auf, und ich musste abhauen, ehe sie mich sieht. Sonst wäre alles aufgeflogen.«

»Und was war bei unserem Picknick?«, fragte ich.

Felix seufzte. »Meine Mutter hat angerufen. Sie hatte zwei Karten für ein Konzert besorgt und wollte unbedingt, dass ich sie begleite. Papa und Julia stehen nicht so auf klassische Musik, darum gehe ich meistens mit.«

»Das ist ja eine tolle Geschichte!« Mona seufzte verzückt. Ich hatte völlig vergessen, dass sie und Tim auch noch da waren. »Fast so romantisch wie einer meiner Kitschromane. Jetzt fehlt nur noch das Happy End.«

»Es tut mir furchtbar leid, wie alles gelaufen ist«, sagte Felix. »Am liebsten würde ich einfach noch mal von vorne anfangen.« Er zögerte kurz, dann streckte er mir die Hand hin. »Ich bin Felix von Kronenburg. Freut mich, dich kennenzulernen!«

Auf einmal sah ich Felix mit ganz anderen Augen. Seine geschliffene Ausdrucksweise, sein Interesse an klassischer Musik, die goldene Uhr an seinem Handgelenk, das schicke Handy, die vielen teuren Hobbys …

Es hatte so viele Hinweise gegeben! Wie hatte ich auch nur eine Sekunde glauben können, er wäre Aushilfskellner? Ich musste blind gewesen sein. Aber jetzt sah ich dafür umso klarer. Ich sah einen völlig fremden Jungen, der mir die Hand hinhielt.

Langsam schüttelte ich den Kopf. »So geht das nicht. Ich habe keine Ahnung, wer du wirklich bist. Und ich weiß auch nicht, ob ich Lust habe, Felix von Kronenburg kennenzulernen.«

Felix ließ die Hand sinken. Er sah traurig aus. Aber er war bestimmt nicht halb so traurig wie ich. Die Tränen krochen meinen Hals hinauf. Bevor ich anfing zu heulen, drehte ich mich um und ging davon.

20. Kapitel

Das Leben ist kein Kitschroman

Ich wollte nur noch eins: zurück ins Hotel, mich ins Bett legen und mir die Decke über den Kopf ziehen. Ich musste erst mal verarbeiten, dass ich Felix die ganze Zeit für jemanden gehalten hatte, der er gar nicht war. Immerhin hatte ich mit meinem mulmigen Gefühl goldrichtig gelegen. Das nächste Mal würde ich gleich auf meinen Bauch hören und die Finger von Jungs lassen, die sich merkwürdig benahmen. Trotzdem war ich froh, dass Julia nicht Felix' Freundin war. Das hätte mir den Rest gegeben. Ich war gleichzeitig erleichtert, wütend, enttäuscht und vor allem: total verwirrt.

Die Beach-Party hatte inzwischen ihren Höhepunkt erreicht. Es war so voll am Strand, dass ich Mühe hatte, mich zwischen den Leuten hindurchzudrängeln. Plötzlich ging die Musik aus, und die Stimme des DJs dröhnte aus den Lautsprechern.

»Endlich ist es so weit, Freunde der Nacht! Ihr habt lange genug gewartet, jetzt geht es rund am Strand von Wattenbüll! Ich sage nur: KARAOKE! Vielleicht wird hier und heute ein neuer Stern am Pophimmel geboren. Wer traut sich? Nicht so schüchtern, Leute! Denn jetzt heißt es: Bühne frei!«

Ein Trommelwirbel drang aus den Boxen, und ein einzelner Scheinwerfer warf grelles Licht auf eine kleine

Bühne neben dem DJ-Pult, die mir bis jetzt gar nicht aufgefallen war. Die Bühne war leer. Der Trommelwirbel verklang, und es tat sich immer noch nichts. Offenbar wollte niemand den Anfang machen. Das konnte ich gut verstehen. Mich würden keine zehn Pferde dazu bringen, vor all diesen Leuten irgendeinen Schlager zu trällern und mich dabei komplett lächerlich zu machen.

Ich wollte gerade weitergehen, als Bewegung in die Menge kam. Jemand erklomm die Bühne und griff nach dem Mikrofon. Die Partygäste applaudierten.

»Da ist er ja! Unser erster Karaoke-Künstler!«, rief der DJ. »Bist du bereit?«

Der Mann nickte. Ich kippte fast aus den Latschen, als ich ihn erkannte. Es war Thomas! Er war ziemlich blass, aber auf seinem Gesicht lag ein entschlossener Ausdruck.

»Dieses Lied ist für dich, Lia«, verkündete er. »Damit du mir endlich glaubst, dass du meine große Liebe bist. Jetzt und für immer.«

Verflixt und zugenäht! Wer hätte gedacht, dass Thomas meinen Rat tatsächlich befolgen würde? Wie gebannt starrte ich zur Bühne und wartete darauf, was als Nächstes passierte.

Die Zuschauer klatschten höflich, dann begann die Musik. Es war eine alte Rockballade, die ich schon oft im Radio gehört hatte. Ein langsamer, ziemlich schmalziger Song, perfekt, um jemandem seine Liebe zu erklären. Thomas starrte auf den kleinen Bildschirm vor sich auf der Bühne. Ich kannte mich mit Karaoke nicht so aus, aber vermutlich wurde dort der Text eingeblendet. Meine Hände formten sich wie von selbst zu Fäusten, und ich drückte beide Daumen, so fest ich konnte. Wenn das mal gut ging …

Am Anfang der Strophe verpasste Thomas fast seinen Einsatz. Erst war seine Stimme so leise, dass man kaum etwas hören konnte. Dann hielt er sich das Mikro direkt vor die Lippen und legte richtig los. Ich hörte mit offenem Mund zu.

Was soll ich sagen? Thomas hatte nicht übertrieben. Abgesehen von mir hatte ich noch niemanden gehört, der so schief sang. Es war einfach grauenhaft. Jede einzelne Note lag haarscharf daneben, das konnte sogar ich hören, obwohl ich völlig unmusikalisch bin. Ohne die Hintergrundmusik hätte man überhaupt nicht erkannt, um welchen Song es sich handelte.

Neben mir hielt sich eine Frau die Ohren zu, andere Leute schüttelten die Köpfe oder verzogen das Gesicht, als hätten sie Zahnschmerzen. Erste Pfiffe ertönten. Thomas war inzwischen nicht mehr blass, sondern knallrot im Gesicht. Er sah aus, als wäre er am liebsten von der Bühne gesprungen, und das wäre vielleicht nicht die schlechteste Idee gewesen. Noch eine Strophe, und das Publikum würde ihn knallhart ausbuhen. Und das war alles meine Schuld! Aber ich hatte doch nicht ahnen können, dass er gleich einen auf Superstar machen würde, oder? Ich hatte bei meinem Rat eigentlich eher an einen kleinen, privaten Rahmen gedacht. Thomas musste da irgendetwas falsch verstanden haben …

Doch er hielt durch. Er sang einfach immer weiter, und irgendwann begannen ein paar Leute im Takt mitzuklatschen. Das schien Thomas Mut zu machen, denn er wurde von Strophe zu Strophe sicherer. Er schmetterte seine schiefen Töne mit so viel Selbstbewusstsein ins Publikum, dass es schon fast wieder lustig war. Verdutzt beobachtete ich, wie die Frau neben mir die Hände von den Ohren nahm und ebenfalls mitklatschte. Thomas schaffte es tatsächlich, die Leute für sich einzunehmen! Es störte jetzt offenbar niemanden mehr, dass er grottenschlecht sang. Das Publikum ließ sich von Thomas mitreißen, der allmählich Spaß an der Sache bekam. Er breitete die Arme aus und legte eine kleine Tanzeinlage hin, die ihm einen kurzen Zwischenapplaus einbrachte. Es war einfach unglaublich. Wer hätte gedacht, dass in Thomas so ein Showtalent steckte? Vielleicht hatte das mit seinem Nebenjob als Aktmodell zu tun. Wer sich nackig auszieht, um sich von fremden Menschen malen zu lassen, dem ist wahrscheinlich nichts mehr peinlich. Trotzdem konnte ich es nicht leugnen: Ich war beeindruckt. Und zwar nicht zu knapp.

Ich boxte mich nach vorne durch und hatte gerade die Bühne erreicht, als Thomas den Song beendete. Voller Inbrunst (und immer noch völlig schief) sang er den Refrain. Kaum war die letzte Note verklungen, brach jubelnder Applaus los. Die Leute waren total aus dem Häuschen! Ich war nicht die Einzige, die sich die Hände wund klatschte.

Thomas verbeugte sich, und der DJ dröhnte: »Vielen Dank an Mr Loverboy für diese sehr spezielle Darbietung! Da sieht man es mal wieder: Jeder kann zum Star werden, egal ob er singen kann oder nicht. Wir machen jetzt eine kleine Pause, gleich geht es weiter mit Runde Nummer zwei!«

Thomas sprang von der Bühne und drängelte sich zu meiner Mutter durch, die mit Lilis Kinderwagen etwas abseits stand. Er nahm sie in die Arme und drückte ihr vor allen Leuten einen langen Kuss auf die Lippen. Echt eklig und ziemlich peinlich, aber ich musste zugeben, dass sich Thomas den Kuss diesmal wirklich verdient hatte. Ich beschloss, wenigstens kurz hinüberzugehen und ihm zu gratulieren, bevor ich mich in mein Bett verkroch.

Ich schlängelte mich zwischen den Leuten hindurch, bis ich neben Thomas und Mama stand. Sie knutschten immer noch und bemerkten mich gar nicht. Ich tippte Thomas auf die Schulter.

»Glückwunsch!«, sagte ich. »Ziemlich mutig, dein Auftritt. Aber er hat gewirkt, wie ich sehe.«

Mamas Lippenstift war verschmiert, doch das schien sie nicht zu stören. Sie strahlte Thomas so begeistert an, als wäre er gerade zum Musiker des Jahres gewählt worden.

Thomas zwinkerte mir verschwörerisch zu. »Danke für den Tipp! Du hast was gut bei mir, Emma.«

Rudi und Melinda tauchten eng umschlungen neben uns auf.

Papa grinste anerkennend. »Gar nicht so übel, Thomas! Vielleicht solltest du dich bei einer dieser Castingshows im Fernsehen bewerben. Die Kandidaten können schließlich auch alle nicht singen.«

Thomas lachte. »Danke, nett von dir. Aber es reicht mir völlig, dass ich mich hier in Wattenbüll für immer und ewig zum Affen gemacht habe.«

»Was zählt, ist doch das Ergebnis, oder?« Rudi nickte zu Mama hinüber. »Und das kann sich sehen lassen.«

Mama runzelte die Stirn. »Was ist denn mit euch los?«, fragte sie misstrauisch. »Ihr seid ja plötzlich ein Herz und eine Seele.«

»So weit würde ich nicht gehen«, sagte Papa. »Aber wir haben festgestellt, dass wir ein paar Gemeinsamkeiten haben. Eine Schwäche für schöne Frauen zum Beispiel.« Er lächelte Melinda zu, und sie lächelte zurück. Zwischen den beiden schien auch wieder alles in Butter zu sein.

»Wie lange bist du denn noch in Deutschland, Melinda?«, erkundigte sich Thomas.

»I changed my plans.« Sie strahlte Rudi an. »Rudi hat mich nach Dederstadt eingeladen, darum werde ich noch eine Weile in Deutschland bleiben. Er will mich malen, fancy that!« Sie zog ein Blatt Papier aus der Hosentasche und faltete es auseinander. »Look!« Es war eine einfache Bleistiftskizze von Melinda. Papa braucht ungefähr fünf Minuten dafür, aber Melinda sah so stolz aus, als würde sie die Mona Lisa in den Händen halten.

Mama verdrehte die Augen. »Kannst du dir nicht mal was Neues einfallen lassen, Rudi? Mit der Masche hast du mich schon vor zwanzig Jahren rumgekriegt.«

Papa zuckte mit den Schultern. »Na und? Wie ich schon sagte: Was zählt, ist das Ergebnis.«

Mama bekam wieder schmale Lippen. Thomas legte ihr den Arm um die Schultern und drückte sie an sich.

Melinda faltete die Skizze zusammen und steckte sie vorsichtig weg. »Let's have a drink.«

Thomas nickte. »Gute Idee! Wir sollten auf unseren letzten Urlaubsabend anstoßen. Ich hole eine Runde Früchtepunsch. Für dich auch, Emma?«

Ich schüttelte den Kopf. »Nein danke. Ich gehe lieber ins Bett.«

Das war mir dann doch ein bisschen zu viel Harmonie. Nicht dass ich es toll gefunden hatte, als sich Thomas und Rudi auf Mamas Geburtstag beinahe geprügelt hatten. Aber dass sich auf einmal alle lieb hatten, schlug mir irgendwie auf den Magen. Wahrscheinlich musste ich mich erst daran gewöhnen.

Auf dem Rückweg zum Hotel kam mir ein Pärchen entgegen, das alle paar Meter stehen blieb, um sich zu küssen. Du meine Güte, noch mehr Frischverliebte! Allmählich reichte es mir wirklich …

Ich wollte gerade einen großen Bogen um die beiden machen, als ich die speckige Lederjacke und die schmutzigen Stiefel erkannte.

»Klaus!«, rief ich. »Was machst du denn hier?«

»Da staunst du, was?« Klaus grinste. Er sah richtig fröhlich aus. Ein Gesichtsaudruck, der bei meinem Bruder ziemlich selten ist. »Hab Nadine gerade vom Bahnhof abgeholt.«

»Ihr habt euch also wieder vertragen?«

Nadine nickte und schmiegte sich noch etwas enger an meinen Bruder. »Klaus hat mir so einen süßen Brief geschrieben, da musste ich ihm einfach verzeihen. Ich habe mich sofort in den Zug gesetzt und bin zu ihm gefahren.«

Ich warf Klaus einen überraschten Blick zu. »Ehrlich? Ich dachte, du findest Briefe schreiben total altmodisch.«

Klaus wurde rot. (Auch das sieht man bei meinem Bruder selten.) »Na ja, eigentlich schon. Aber mir ist nichts

Besseres eingefallen, darum hab ich es trotzdem ausprobiert.«

»Das war eine super Idee!« Nadine lächelte Klaus zu. »Und jetzt gehen wir zur Beach-Party und feiern unsere Versöhnung.«

»Viel Spaß!« Ich konnte mir ein Grinsen nicht verkneifen, als ich den beiden hinterhersah. Unglaublich, dass Klaus tatsächlich eigenhändig einen Liebesbrief geschrieben hatte! Den hätte ich zu gerne gelesen …

Während ich in der Abenddämmerung zurück zum Hotel lief, ging mir alles Mögliche durch den Kopf. Heute schien der Abend der Versöhnungen zu sein. Erst Thomas und Mama, dann Rudi und Melinda und jetzt auch noch Klaus und Nadine. Ich musste an Felix denken, und mein Herz wurde schwer. Wir hatten uns nicht versöhnt. Und das lag ganz allein an mir. Felix hatte mir die Hand hingehalten, doch ich hatte sie ausgeschlagen. War das die richtige Entscheidung gewesen? Egal, jetzt war es sowieso zu spät. Nicht jede Liebesgeschichte konnte gut ausgehen. Das Leben ist schließlich kein Kitschroman.

Bevor ich das Gästehaus betrat, warf ich noch einen Blick zum Himmel hinauf. Er war samtschwarz und voller Sterne. Es sah wunderschön aus. Plötzlich löste sich ein Stern und raste direkt auf mich zu. Er hinterließ eine helle Spur am Himmel und verglühte irgendwo hoch über mir. Ich schloss die Augen und murmelte lautlos einen Wunsch.

Mit dem Sternschnuppen-Wünschen ist es so ähnlich wie mit Gott. Man kann nie wissen, ob an der Sache nicht doch etwas dran ist.

21. Kapitel
Es geht wieder nach Hause

»Schade, dass der Urlaub schon vorbei ist.« Mona seufzte und warf einen letzten Blick auf den *Friesenhof*. Wir standen abmarschbereit mit unserem Gepäck vor dem Hotel.

»Tja, so ein schickes Quartier werden wir uns wahrscheinlich nie wieder leisten können«, sagte Oma. »Aber schön war's.«

Tim gähnte nur. Er sah noch etwas verschlafen aus. Mona und er waren erst ziemlich spät von der Beach-Party zurückgekommen.

Ich sagte nichts, denn ich hatte einen Kloß im Hals. Bis zuletzt hatte ich überlegt, ob ich mich noch von Felix verabschieden sollte. Ich hatte es nicht getan.

Oma warf einen Blick auf ihre Armbanduhr. »Auf geht's, sonst verpassen wir den Zug.« Sie griff nach ihrem Koffer. Ich nahm Mamas geblümte Reisetasche, und wir marschierten los.

»Dieser Felix scheint übrigens ziemlich nett zu sein«, erzählte Mona, während sie neben mir herlief. »Wir haben uns gestern noch ein bisschen unterhalten, nachdem du weg warst. Ich kann verstehen, dass du dich in ihn verknallt hast.«

»Das ist vorbei«, sagte ich. »Felix ist Vergangenheit.«

Mona plapperte trotzdem weiter. »Seine Familie muss

stinkreich sein. Sie sind Stammgäste im *Friesenhof* und mieten jeden Sommer drei Wochen die Penthouse-Suite. Wusstest du, dass sie sogar ein eigenes Segelboot haben? Es liegt hier im Hafen.«

»Ja«, antwortete ich unwillig. »So was hab ich mir schon gedacht. Aber es interessiert mich nicht die Bohne.« Ich ging etwas schneller, doch Mona ließ sich nicht abschütteln.

»Felix' Vater hat eine große Firma«, berichtete sie. »Und seine Mutter ist eine bekannte Pianistin, stell dir das mal vor! Sie ist ständig auf Tournee. Darum gehen Felix und seine Schwester auf ein Internat. Wie heißt das noch gleich, Tim?«

»Was?« Tim riss die Augen auf. Ob ihr's glaubt oder nicht, er kann tatsächlich im Gehen schlafen.

»Das Internat von Felix«, wiederholte Mona. »Du kanntest das doch.«

»Internat Mühlenberg«, antwortete Tim wie aus der Pistole geschossen. Jetzt war er mit einem Schlag hellwach. »Es ist eins der besten Internate Deutschlands. Dort gibt es spezielle Förderkurse für Hochbegabte in Naturwissenschaften und Mathe. Die Schüler werden in Kleingruppen unterrichtet, und jeder bekommt einen persönlichen Tutor, der Ansprechpartner für alle Fragen und Probleme ist. Außerdem gibt es drei Computerräume, die nach dem neuesten Stand der Technik ausgestattet sind. Das ist der absolute Wahnsinn!«

»Woher weißt du das alles?«, fragte ich misstrauisch.

Tim wurde rot. »Ich hab letztens zufällig was darüber gelesen.«

»Ein bisschen Tempo, bitte!« Oma überholte uns. »In fünf Minuten fährt unser Zug!«

Wir schafften es gerade noch rechtzeitig. Kaum hatten wir den Bahnsteig betreten, fuhr der Zug auch schon ein. Mama, Thomas, Lili und Gesa waren bereits da. Papa und Melinda wollten noch ein paar Tage dranhängen, genauso wie Klaus und Nadine. Sie waren gestern Abend mit ihrem Zelt auf den Campingplatz gezogen.

»Alles einsteigen!«, rief Oma.

Thomas half ihr mit dem Koffer. Danach hob er meine Reisetasche in den Zug. »Mann, ist die schwer! Was hast du denn da drin, Emma?«

»Ach, nichts Besonderes.« Ich schleppte die Tasche schnell in den nächsten Waggon.

Während der Zug wieder anfuhr, setzte ich mich auf einen Platz am Fenster und warf einen letzten Blick zurück auf den Bahnsteig. Irgendwie hatte ich ein bisschen gehofft, Felix würde vielleicht noch auftauchen, um mir Tschüss zu sagen. Aber er war nicht gekommen. Wahrscheinlich saß er gerade zusammen mit seiner Familie beim Schlemmer-Frühstück in der Penthouse-Suite. Danach würde er mit Julia segeln gehen. Oder Golf spielen. Ich seufzte. Als Aushilfskellner hatte er mir besser gefallen. Und ich hatte gedacht, seine Eltern seien arme Schlucker! Von wegen Pizzaservice oder Kioskbesitzer, damit hatte ich komplett danebengelegen. Aber das war jetzt egal.

Ich wollte nicht weinen. Wirklich nicht. Doch die Tränen kamen ganz von allein, und ich konnte nichts dagegen tun. Wütend wischte ich sie weg. Die anderen suchten sich ebenfalls freie Plätze. Zum Glück war der Wagen nicht besonders voll. Oma setzte sich neben mich, Mona und Tim nahmen gegenüber Platz. Thomas, Mama und Lili belegten den Nachbartisch. Lili quiekte fröhlich, als Mama sie aus dem Kinderwagen hob.

»Alles in Ordnung?«, fragte Mona.

Ich nickte. »Klar. Mir geht's prima.«

Thomas öffnete seinen Rucksack und holte eine Flasche Eistee, mehrere hart gekochte Eier und belegte Brötchen heraus. »So, jetzt wird erst mal in Ruhe gefrühstückt«, sagte er. »Hat noch jemand Hunger?«

»Ich!« Tim ließ sich ein Wurstbrötchen geben. »Ich hab das Frühstück im Hotel leider verpennt.«

Der Duft von Salami und Leberwurst durchzog den Wagen. Abgesehen vom Rascheln des Brötchenpapiers war es ganz still. Darum konnten auch alle das leise Winseln hören.

Mama runzelte die Stirn. »Was war denn das?«

»Vielleicht Lili«, sagte ich schnell.

Da ertönte das Winseln wieder, ohne dass Lili auch nur die Lippen bewegt hätte. Sie lauschte genauso aufmerksam wie wir.

»Klingt wie ein Hund«, nuschelte Thomas, der gerade von seinem Leberwurstbrötchen abgebissen hatte.

Ich warf einen Blick zu der geblümten Reisetasche, die neben meinen Füßen auf dem Boden stand, und bekam einen Mordsschreck. Die Tasche bewegte sich! Unauffällig versuchte ich, sie unter den Tisch zu schieben, doch es klappte nicht. Sie war einfach zu schwer. Hilfesuchend sah ich zu Mona.

»Wäre es nicht toll, wenn wir wieder einen Hund hätten?«, fragte Mona, als wäre ihr das in diesem Moment rein zufällig eingefallen.

»Ja, vielleicht irgendwann mal wieder.« Mama holte Lilis Vormittagsbrei aus Thomas' Rucksack. Plötzlich stutzte sie. »Emma, was hast du da in deiner Reisetasche?«

Ich versuchte, nicht rot zu werden. »Ich? Nichts! Na ja, abgesehen von meinem Waschbeutel, Unterwäsche, Schlafanzug, Flipflops ...«

»Das meine ich nicht«, unterbrach mich Mama. »Du hast nicht zufällig ein Tier da drin?«

Der Reißverschluss meiner Reisetasche stand ein bisschen offen. Und aus der Lücke schaute unübersehbar eine feuchte, zuckende, schwarz glänzende Hundeschnauze heraus.

»Ist das ein Hund?« Tim beugte sich hinunter und zog den Reißverschluss ganz auf. Sofort sprang Puck heraus und schüttelte sich ausgiebig. Dann leckte er begeistert Tims Hände ab, weil sie so lecker nach Salami rochen.

»Emma!«, sagte Mama streng. »Kannst du mir das bitte erklären?«

»Na, so was!« Mona riss die Augen auf und versuchte, überrascht auszusehen. »Der war vorhin noch nicht da, stimmt's, Emma? Er muss heimlich in deine Tasche gesprungen sein, als wir beim Frühstück waren.«

Tim grinste. »Und dann hat er den Reißverschluss hinter sich zugezogen, was?«

Mona wurde rot. »Na ja ... manche Hunde können ja die erstaunlichsten Dinge ...«

»Hör auf, Mona, es hat keinen Sinn«, sagte ich. »Wir müssen die Wahrheit sagen.«

Und dann erzählte ich die ganze Geschichte. Wie ich Puck gefunden und in unser Hotelzimmer geschmuggelt hatte, wie Mona und ich uns um ihn gekümmert und ihn schließlich in die Reisetasche gesetzt hatten, um ihn unauffällig zum Bahnhof zu transportieren. Nur die Sache mit den geklauten Würstchen und dem angeknabberten Schuh ließ ich aus, damit die anderen keinen schlechten Eindruck von Puck bekamen.

»Ihr habt die ganze Zeit einen Hund im Zimmer gehabt?«, fragte Oma.

Ich nickte. »Seit Montag, um genau zu sein.«

»Und ich hab nichts gemerkt!« Oma schüttelte den Kopf. »Das ist einfach unglaublich!«

»Allerdings.« Mama sah nicht besonders begeistert aus. »Was hast du dir nur dabei gedacht, Emma? Und den armen Hund dann auch noch in die Reisetasche zu stecken. Er hätte da drin ersticken können!«

»Ich hab extra den Reißverschluss etwas offen gelassen«, verteidigte ich mich. »Außerdem hab ich ihm ein paar Hundekuchen hineingelegt, falls er Hunger bekommt.« Ich ließ den Kopf hängen. »Ihr solltet ihn doch erst zu Hause sehen, damit ihr ihn nicht wieder zurückschicken könnt.«

»Du willst den Hund also wirklich behalten, Emma?«, fragte Mama. »Das geht doch nicht!«

»Warum nicht?«, fragte Mona. »Sein Besitzer wollte ihn nicht mehr, darum gehört er jetzt uns. Er hat sich schon richtig an Emma und mich gewöhnt. Und bei uns hat er es viel besser als im Tierheim.«

»Das stimmt allerdings.« Thomas streichelte Puck, der

begeistert wedelnd an ihm hochsprang. »Ich glaube, er mag mich! So ein süßer Kerl.«

Ich behielt für mich, dass Puck wahrscheinlich nur scharf auf Thomas' Leberwurstbrötchen war. Im Moment war ich für jede Unterstützung dankbar.

»Er scheint noch sehr jung zu sein«, sagte Oma. »Wirklich ein hübscher kleiner Hund.«

»Er heißt Puck«, sagte ich. Dann hielt ich den Mund. Ich wusste, dass ich Mama jetzt nicht nerven durfte, sonst würde sie garantiert Nein sagen.

Puck hatte von Thomas den letzten Bissen Leberwurstbrötchen bekommen und ihn natürlich sofort verschlungen. Jetzt trottete er zu Mama hinüber und schnupperte an Lilis kleinen Füßen. Lili jauchzte begeistert.

»Lili mag ihn auch«, stellte Oma fest. »Also, ich finde, Puck würde wunderbar zu unserer Familie passen.« Sie zwinkerte mir zu, und ich grinste erleichtert zurück. Oma war auf unserer Seite. Und sie schien auch nicht sauer zu sein, weil wir ihr die Sache mit Puck verheimlicht hatten. Ein Glück!

»Ich weiß nicht ...« Mama betrachtete Puck nachdenklich. »Ein Hund macht viel Arbeit. Außerdem darf man ein Tier nicht einfach behalten, auch wenn es ausgesetzt wurde.«

»Wir könnten doch in Wattenbüll bei der Polizei und beim Tierheim anrufen und fragen, ob ein Hund vermisst wird«, schlug Thomas vor. »Und wenn keine Vermisstenanzeige vorliegt, kann Emma ihn behalten.«

Mona nickte eifrig. »Gute Idee!«

»Das finde ich auch«, sagte Oma.

Mama sah seufzend in die Runde. »Ihr scheint euch ja alle schon einig zu sein.«

Ich vergaß, dass ich eigentlich den Mund halten wollte. »Bitte, Mama, sag Ja!«, bettelte ich. »Ich verspreche auch hoch und heilig, mich immer um Puck zu kümmern.«

Puck schien genau zu verstehen, dass es hier um etwas sehr Wichtiges ging. Nämlich um ihn. Er legte Mama den Kopf aufs Knie und sah sie aus seinen braunen Hundeaugen aufmerksam an.

Mamas Gesicht wurde weich. »Puck heißt du also?«, fragte sie und kraulte ihn hinter den Ohren. Puck seufzte zufrieden. Ich hielt den Atem an. Schließlich nickte Mama. »Also gut, von mir aus kannst du ihn behalten. Aber nur, wenn ihn in Wattenbüll niemand vermisst.«

»Super!«, rief ich. »Danke, Mama!« Ich sprang auf und fiel ihr um den Hals. Auch Mona und Tim strahlten.

»Aber das nächste Mal, wenn du einen ausgesetzten Hund findest, redest du sofort mit mir, klar?«, sagte Oma. »Gemeinsam hätten wir bestimmt eine Lösung gefunden.«

Ich nickte. »Versprochen!« Erleichtert setzte ich mich wieder hin.

Jetzt hatten wir also einen neuen Hund. Das musste ich sofort Paul erzählen, wenn wir wieder zu Hause waren. Er würde sich ganz schön wundern! Aber ich war mir sicher, dass er nichts dagegen haben würde. Er hätte Puck gemocht.

Ich nahm meinen Rucksack und kramte in der vorderen Tasche nach einem Lutschbonbon. Nach all der Aufregung brauchte ich unbedingt etwas Süßes. Doch stattdessen landete ein harter Gegenstand mit scharfen Kanten in meiner Hand. Ich zog ihn heraus. Eine Muschel! Sie war hellrosa und sah ein bisschen wie ein Herz aus. Ich starrte sie überrascht an. Wo kam die denn her? Sie war wunderschön, aber ich hatte sie noch nie zuvor gesehen.

Hastig schaute ich noch einmal in der Rucksacktasche nach. Neben der Schachtel mit den Lutschbonbons leuchtete ein weißer Zettel. Auf der Vorderseite stand in kleinen Buchstaben *Emma*. Ich kannte die Handschrift. Mit klopfendem Herzen faltete ich den Zettel auseinander.

Liebe Emma,

es tut mir leid, wie alles gekommen ist. Ich wollte das nicht. Ich verstehe, dass du sauer auf mich bist, aber vielleicht kannst du mir ja doch irgendwann verzeihen. Wenn es so weit ist, melde dich bitte, denn ich würde dich furchtbar gerne wiedersehen.
Liebe Grüße,
Felix
PS: Du bist wirklich das tollste Mädchen, das ich je gesehen habe! Das war nicht gelogen.

Ich starrte auf den Brief. Und auf die kleine Muschel, die ich in der anderen Hand hielt. Felix musste die Sachen heimlich in meinen Rucksack gesteckt haben, als ich mit Mona beim Frühstück war. Ganz unten auf dem Zettel standen zwei Adressen, eine von Felix' Zuhause, die andere vom Internat.

Die Buchstaben verschwammen vor meinen Augen.

Keine Ahnung, warum ich schon wieder heulen musste. Eigentlich war ich gar nicht traurig, sondern glücklich. Glücklich, weil Felix doch an mich gedacht hatte. Und weil unsere Geschichte vielleicht noch nicht ganz vorbei war.

Vorsichtig strich ich den Brief glatt, faltete ihn wieder zusammen und steckte ihn in meine Hosentasche. Die Muschel behielt ich in der Hand. Während vor dem Fenster Bäume, Häuser und Kühe vorbeizogen, begann ich, mich auf Tupfingen zu freuen. Auf unser Haus, den Garten mit dem Fliederbusch, Pauls Grab und die Schaukel, auf mein Zimmer mit meinem gemütlichen Bett und der Hängematte. Und natürlich auf Klara und Jonas, die bald von Mallorca zurückkommen würden. Klara würde staunen, was ich in der Zwischenzeit erlebt hatte. Ich konnte es kaum erwarten, ihr alles zu erzählen.

Ich gähnte. Zugfahren macht müde. Genauso wie Liebeskummer und das Schmuggeln kleiner Hunde. Bevor mir die Augen zufielen, schickte ich eine Gedankenbotschaft an Felix. Sie lautete:

Wir sehen uns wieder, Felix von Kronenburg, irgendwann und irgendwo. Verlass dich drauf!

Dann schlief ich ein. Während ich träumte, erinnerte mich die Muschel in meiner Hand daran, dass es auf dieser Welt jemanden gab, der mich für das tollste Mädchen hielt, das er je gesehen hatte.

Ich hielt die Muschel ganz fest und lächelte im Schlaf.

OETINGER TASCHENBUCH

CHAOS PUR IN EMMAS **HERZ**

Maja von Vogel
Emma lässt nicht locker
192 Seiten I ab 11 Jahren
ISBN 978-3-8415-0054-0

»Du bist das tollste Mädchen, das ich jemals gesehen habe!« Damit hat Felix Emmas Herz zum Stolpern gebracht. Seit ihrem Urlaub kann Emma nur noch an ihn denken: seine strubbeligen Haare, seine Sommersprossen und seine meergrauen Augen. Dabei wollte sie sich doch eigentlich gar nicht verlieben. Und schon ist das Chaos nicht nur in Emmas Familie, sondern auch in ihrem Herzen wieder riesengroß!

www.oetinger-taschenbuch.de

OETINGER TASCHENBUCH

FRISCH VERLIEBT IN FELIX

Maja von Vogel
Emma hebt ab
208 Seiten I ab 11 Jahren
ISBN 978-3-8415-0254-4

Emma und Felix sind nun seit ein paar Wochen zusammen. Doch die neue Liebe ist gar nicht so einfach, denn Felix wohnt leider im Internat, und sie sehen sich kaum. Doch nach einem gemeinsamen Wochenende ist plötzlich alles anders! Als wenn das Leben mit ihrer nervigen, wunderbaren, chaotischen Familie nicht schon turbulent genug wäre!

www.oetinger-taschenbuch.de

OETINGER TASCHENBUCH

BANDENALARM
BEI DEN HÜHNERN

Thomas Schmid
Die Wilden Hühner und das Leben
240 Seiten | ab 10 Jahren
ISBN 978-3-8415-0071-7

Sprotte versteht nicht, warum Fred es plötzlich so eilig hat mit dem ersten Mal. Sie ist noch nicht so weit. Aber muss er auf der Klassenfahrt deshalb gleich mit einer anderen flirten? Sprotte und ihre Freundinnen kommen vor lauter Liebesstress gar nicht dazu, ihr Bandenleben zu genießen. Und dann müssen die fünf sich auch noch mit der neuen Mädchenbande »Die Wilden Küken« herumärgern ...

www.oetinger-taschenbuch.de

OETINGER TASCHENBUCH

JUNGS SIND ZUM ÄRGERN DA!

Angie Westhoff
Die Klapperschlangen – In geheimer Mission
320 Seiten | ab 10 Jahren
ISBN 978-3-8415-0243-8

Auf die Klapperschlangen und die Jungs von der Roten Sieben warten diesen Sommer wieder jede Menge Abenteuer und geheimnisvolle Rätsel: Wer ist der Mörder der Notte Criminale? Was führt der Fußball-Trainer im Schilde? Und wer hat die wertvolle Sonnenscheibe aus dem Goldschatz der Azteken gestohlen? Fragen, die die beiden Banden nur gemeinsam klären können ...

www.oetinger-taschenbuch.de